U0062904

魅丽文化
荣誉出品

花
火
花火工作室

魅丽出品 必属精品

流年 如果记忆不说话，也会开出花

张芸欣●著

逝水流年的青春之痛，
抵死纠缠的回忆之殇。

湖南少年儿童出版社
HUNAN JUVENILE & CHILDREN'S PUBLISHING HOUSE

图书在版编目（CIP）数据

如果记忆不说话，流年也会开出花 / 张芸欣著. —
长沙：湖南少年儿童出版社，2011.2
ISBN 978-7-5358-6261-7

Ⅰ．①如… Ⅱ．①张… Ⅲ．①长篇小说－中国－当代
Ⅳ．① I247.5

中国版本图书馆 CIP 数据核字（2011）第 013963 号

总 策 划：邹立勋
责任编辑：周　霞　刘艳彬
创意策划：花火工作室
特约编辑：王　静
视觉创意：何　鹏
特约摄影：薛海晖
出 版 人：胡　坚
出版发行：湖南少年儿童出版社
地　　址：湖南省长沙市晚报大道 89 号　　邮编：410016
电　　话：0731-82196340　82196334（销售部）82196313（总编室）
传　　真：0731-82199308（销售部）　82196330（综合管理部）
经　　销：新华书店
常年法律顾问：北京市长安律师事务所长沙分所　张晓军律师
印　　刷：湖南凌华印务有限责任公司
开　　本：880×1230 1/32
印　　张：8
版　　次：2011 年 5 月第 1 版
印　　次：2011 年 5 月第 1 次印刷
定　　价：16.80 元

序(一)

我们缺失的青春与记忆

文/罗丹（《婚姻与家庭》杂志编辑）

距离第一次与芸欣妹妹见面已经过去了整整五年。

交集来源于我们在给同一家中学生杂志写稿子。而那些散落的铅字，让我们平庸的日子渐渐发亮，也让我们对彼此产生好奇。

那一年，我辗转了很多城市，摇摆不定地寻找工作。在上海林立的高楼间，我始终有一种说不清的自卑感。

我们约在人民广场见面。她很好认，圆圆的脸，说话甜甜的，还带着羞涩。一见面她就拉着手夸我。一瞬间，好像有一根看不见的温情纽带，一下子把我们俩拉近了。

她对一切美的首饰都很偏爱，她买一对耳环，就一定要送我一个。她从来不吝惜与人分享她的发现。就如同，她第一次见面对我说的那句："你其实挺好看的。"她从来不知道，那句赞美给了我多大的鼓励与自信。

从那以后，我们经常一起逛街、吃饭、听昆曲，甚至去旅行。于是，我原本一直无所事事的周末因为她的邀请变得充盈起来，而她的细心热情让我感到惭愧——她总是照顾我。以至于，我觉得我应该叫这个比我小许多岁的妹妹为姐姐。

一年后，我去了北京。她去新加坡留学之前，来北京的大使馆面试，坚持要见我一面，我们从天安门走到人民英雄纪念碑，然后在前门吃火锅的小馆子里，我们欣喜地谈过去发生的事、朋友、梦想、周遭的一切，一直聊到天黑还是觉得不够。

我们不能生活在同一座城市，但友谊，却让我们成为了去对方那个城市非见不可的朋友。

那一次见面，我恍惚又找到了在上海时的幸福感。

她去新加坡之后，开始很勤奋地写稿。

有一次，我在书摊上看到了她的名字。她笔触下的青春生活依旧鲜亮，如一根有力的藤条，始终缠绕在我们的心底。时光在行走，她的青春在盘绕生长。

而我，却被如羁旅般的人生渐渐磨砺成一个现实者。她让我回望自己，这两年，我结婚、跳槽，然后努力工作的全部意义只是为了买房。我的梦想越来越暗，青春也渐行渐远；而她的青春，却一直生机盎然。

读她的青春，让我感受到久违的温暖与感动。

当你们翻开此页的时候，是她的第四本书。

我惊叹于她写作的速度和坚持。而在写作的过程中，我想她已经找到了度过青春的最好方式：快乐、丰富、有价值。

我问她："十年后，你还会写青春小说吗？"

她回答："饶雪漫都还在写哦。"

我们认识了五年，我看着她从一个懵懂单纯的学生，渐渐步入社会，并且拥有了人生的第一份工作。她始终相信自己的梦想是独一无二的，敬畏它，从不轻易放弃。她的梦想葱郁繁茂，我为这个妹妹感到骄傲。

梦想总是给人以希望，一直坚持写字的芸欣妹妹，以及读故事的你们，我相信下一个希望一定在什么地方等你……

2010年3月28日

序(二)
如果记忆不说话

文/张芸欣

2010年，我又长大了一岁，韶华已逝，岁月流转。

我很想驮着青春在我的背上继续行走，但是我知道，我是时候将它放一放了。

所以我为你们写了这一个故事，它语言活泼，却悲从中来，字句清晰，却透着老去的无奈。

我希望长大的你们明白，青春在岁月的交替中，终究会成为过往，现实才是成长要面对的真实未来。

哪怕我们那么那么不情愿，那么那么不接受，可是它依然会残忍地出现。

为了避免它到来时猝不及防的慌张，我们都应该作好及早迎接的准备。

这本书是在写什么呢？只是关于曾经的回想和告别，关于爱的仰望和坚守。

它说明缘分有时候妙不可言，你爱过的人，最后还是会回到你的身边。

爱情非常简单，又极其复杂，有的人误打误撞，就功德圆满，有的人穷极一生，都无法企及。

人生充满了无奈，事事不尽如人意，只希望这本书可以让对爱不抱希望的人，找到一点对爱的希冀，让对爱抱有太大希望的人，保持一种清醒。

爱来临时，满世界都是花开的声音，若爱离去，徒留一场笙歌的寂寞。

宛若一场梦幻，除了记忆里的声音，任何都是虚幻。

曾经看过一个故事，有一个女孩子在18岁的时候爱上了一个男人，愿为他生为他死，以为这就是她一辈子的真爱，没有他世界都无法转动，恨不得全世界都知道她的爱有多伟大。若干年之后，女孩儿爱上了许多男人，个个都是真爱，每个都能让她要生要死，她才终于醒悟，她爱的并非这个人，而是爱他时痛苦的感觉。

爱一个人，痛并快乐着，这才是每个人内心的真谛。

所以这本书，我不期望你说它有多好，也不期望你有多爱它，它只是一本普通的小说读本，床边、飞机、火车、课桌，甚至去厕所你都可以带着它。

如果你看完它，最后会心地笑一笑，觉得这是一个虽然很雷但还算好看的故事，我就很高兴了。

你会不会爱上这本书？能爱多久？从来没有人会计较。

享受看书的过程，觉得作者还不算太烂。

对我来说，已是足够。

成长中的我们，需要太多的自我满足，我想你们也能学会，这并不难。

我想我需要一份爱情，找一个懂我、包容我、理解我的人，但是我不会去苛求，既来之则安之，只要心存想念，总会遇到最合适的那一个人。

2010年我回到了上海，找了一份简单的工作，住在徐家汇的某栋破旧的居民楼里，4月21号，我看了一整天玉树地震的视频，一个人坐在公司角落的桌子前面流眼泪。

如果2010年能让我许一个简单的愿望，我绝对不会许书大卖这种愿望，我唯愿那些在地震中幸存的同胞坚强振作，重建家园，死者已矣，永远要记得全中国人的心都和你们在一起。

所有的人都要加油。

最后要说的是，这是我的第四本书，听上去并不吉利，但我更愿意理解成这是音阶里的第四个音，我乐观地觉得这是一个吉利的音符。

希望你们也能这么想。

张芸欣

2010年4月30号于徐家汇

如果记忆不说话，流年也会开出花

目录

目录

如果记忆不说话·流年也会开出花

逝水流年的青春之痛，
抵死纠缠的回忆之殇。

第一章>>>

回忆是一种病

1 »

车子到达景州体育场的时候，终于抛了锚。老爷车的极限，在今天淋漓尽致地表现了出来。

密密麻麻的人，大部分穿着统一的水蓝色粉丝服，众多女生不畏秋季的寒冷，露出雪白的大腿，一手举着巨大的牌子一手拽着一大把的荧光棒，夜幕低垂的体育馆门口，光芒凝聚得像水晶宫一样灿烂。

这就是天王巨星落单的演唱会的外围现场，有粉丝席地而坐，或聚集一群，或谈笑风生。

我穿着一件咔叽色的风衣，把寿司车从钱灿灿家的老爷车上推下来，找了一个好地方，很卖力地吆喝。

"一盒寿司送两支荧光棒，好吃又好看喽。"

微冷的天气，寿司的热气吸引了不少人，再加上荧光棒的威力，很多女生都愿意来光顾。

"苏苏姐，都和你说这个车有问题了，你非要让我开，现在怎么办？"钱灿灿有些无奈地看着我。

"先做生意再说吧。"我熟练地接着钱，把寿司递给别人。

演唱会是最好赚钱的时机，都说粉丝是疯狂的，在看到偶像的前夕人都特别兴奋，一兴奋买东西就比较慷慨。

钱灿灿拿出镜子来照了照，紫色玉米头，黑色长裤，蓝色粉丝服，典型落单的粉丝一名。

她照好之后收起镜子，环顾了一下场地，荧光棒、星星棒、牛角……很明显，这里卖东西的人非常多，快要开场了，钱灿灿拿着VIP票准备入场，她最后一次和我确认："你真的不需要买一张黄牛票和我一起进去吗？"

我摇摇头。

"那你等会怎么回去？"她看了看她家那辆经常坏的老爷车。

"车到山前必有路。你快进去吧。"

她转过身，随着粉丝大军进入了VIP内场入口。

2 »»

刚才人山人海的世界瞬间万籁俱寂，小商贩们开始收拾剩下的东西，我坐在寿司车后面把玩一支蓝色的荧光棒。

轻轻一拗，本来暗淡的光瞬间刺亮起来，聚拢成细直的光线，落在我的眼前。

"给我一盒鳗鱼寿司。"一个清脆的女声在寿司车前面响起。

我站起来，看到安可和沈艺彤站在我面前。

脸还是那张漂亮的美少年脸，身体还是那个拥抱过我的身体，只是那双淡而纯净的眼睛里，多了许多的感伤。

他们左手牵住右手，莫名地让我觉得刺眼。以前我觉得这个姿势无比神圣，它代表了两个情侣一生的承诺，但是安可和我分手之后，这个姿势就变成了刺眼的讽刺。

沈艺彤看到我，先是愣了一下，然后亲昵地挽住林安可，对我笑着说："流苏姐，是你啊，怎么在这里卖寿司？生意怎么样？"

我不敢看安可，我笑着对沈艺彤说："你要买吗？"

"我在想呢，你这个卫生不卫生啊？吃了会不会生病？"沈艺彤娇滴滴地靠在安可身上像是要和我炫耀她有多幸福。

"安全、健康、无副作用。"我回答她。

"可是这里灰尘这么大，你的手有没有消毒啊，上次我看报纸说现在寿司的材料都是小作坊做的，很不卫生呢……"她的眼珠死命地转，挖空心思要把我的寿司说成是有毒食品。

"三块钱一盒的你还想怎么样呢？"我耐着性子和她说，谁让顾客就是上帝呢。

"啊？这么贵？要三块钱？"她尖叫起来，面孔扭曲。我以前真没发现沈艺彤有演舞台剧的潜力，两句台词能说得这么夸张。

"猪肉价跟房价似的疯狂上涨了，何况你要的还是鳗鱼。"我太佩服我自己，居然还有耐心和她交流。

"可是……"她还要说什么，但是我已经没兴趣听这个女人在我眼前继续扯淡，我把寿司盖子一盖，"可是什么啊，要么付钱送你两支荧光棒，要么带着你的男人从我面前滚蛋，少在这里打扰老娘做生意。"

沈艺彤可能没见过我发飙，立刻掩面假装哭泣地对林安可说："安可，你看她……"

"看什么看？老娘站在这里就不怕你们看。"

刚刚和个雕塑一样沉默的安可终于说话了："苏苏，你别这样。"

"闭嘴。"我不想听安可帮沈艺彤解释。

我收拾好摊子对他们说："你们不滚蛋，我滚蛋，行不行！"

推车转身走的瞬间，我看到安可的目光还停留在我的身上。冷风那叫一个吹，吹得我觉得自己快成白毛女了，我把车推到台阶下面的时候，看了看体育场灯火通明的入口。曾经多少次，我都以为林安可会一直站在那里，像曾经那样当找不到我的时候，抱着一大把能把夜照亮的荧光棒，一声一声地喊着我的名字。

他走了之后，我才知道，有时候你以为的海枯石烂，其实只是灰姑娘被王子抛弃的笑话。

3 》》

安可跟钱灿灿一样曾经都是我的邻居，身后跟着一个垂涎林安可的沈艺彤。

钱灿灿说当年在华侨中学没有一个人不垂涎林安可的美色，他灿若星辰，眉如墨画，还有富贵人家的出尘气质，拉小提琴的姿势悠扬潇洒，注视人的时候眼含微光。当时在华侨中学，是一个神一般的人物。

那时候我和安可、钱灿灿同住在一个别墅小区里，抬头不见低头见，时间长了安可就和钱灿灿一起管我叫苏苏姐。

开始他和钱灿灿在我心里就如同小孩子那样，我一直本着老牛不吃嫩草的信条，对这个近在咫尺的美少年没有表现出任何企图，可能安可看到全华侨中学只有我对他表现出心如止水的模样，所以和我比较亲近。殊不知我当年只是因为舆论的压力和自己平庸的姿色，才生生浇灭了对他的邪恶念头。

我如此高尚情操得来的结果是他总来教室楼下等我，和我一起去图书馆看书，一起参加学校社团活动，一起在广播站里录节目。钱灿灿平时像布谷鸟，安可的出现平息了她的喧闹。

钱灿灿说那是她人生中最辉煌的时期，拥有了无数女生羡慕的目光。

那个时候沈艺彤为了接近安可也加入了叫我苏苏姐的队列，每次出去玩都小心翼翼地跟在我们后面温柔地微笑、说话，和我好得像是亲姐妹。

我和林安可整个中学时代没发生过什么特大的事，多数时候他是安静不语的，坐在我旁边静静地写字、写作业。硬要说什么特别，应该就是有一次我们一起去看普罗旺斯的画展，他指着一幅满是斑点的画让我看看这是什么，我看了很久，思考了很久，最后才很肯定地告诉他，这是一幅田园风光。

安可凝视着那幅画，样子有点感伤，他说："这是一个男孩在等他心爱的女孩看到他。你看他的眼睛没有一点点光亮，那是他怕那个女孩永远都看不到他。"

他说完就静静地看着我，我只是呵呵地笑了两声为自己的知识浅薄感到羞愧，愣是能把一个人看成一幅田园风光。从那之后我再也没欣赏过油画这么深奥的东西。

很快就到了上大学的时间，安可以全市文科第一的成绩去了景州大学的音乐系，成为了音乐系百年来第一个文科第一名的人才。当时音乐系的主任感动得老泪纵横，就差敲锣打鼓欢迎他的到来了。

他和沈艺彤因为同系同班，很快就坠入爱河。

我大一入学的时候，安可看到我的第一句话是："苏苏姐，为什么你不早出现一些？"

我拎着两大包生活用品站在已经长得挺拔俊美的林安可面前，显得那么渺小，渺小到看到他就恨不得把自己藏得严严实实的。

我干巴巴地对他笑笑，假装镇定地回答："如果我早出现两年，有什么事会改变吗？"

两年能发生什么事？猪肉价和房价疯狂上涨、金融风暴来袭、股市不稳、奥巴马当选总统、刘德华已经结婚了……这些都和我没有任何关系，可是两年，林安可就和沈艺彤在一起了。

彼时，他们大二，我大一。我还是那个他们叫苏苏姐的薛流苏，他们还是跟在我的后面跑跑跳跳，我的生命好像刚开始，可是全世界似乎都改变了。

第一学期开学我就遭到了整个系男女生的强烈排挤，我其实不过就是比他们晚了一年入学，他们就觉得我是比他们大很多的另类。比如他们吃饭不和我一起，有晚会也不通知我，课时如果有变动也没有人会告诉我。

这个时候，来到我身边的只有钱灿灿、林安可和沈艺彤。

他们是我整个大一时期最温暖的朋友，他们陪我解闷，给我说笑话，带我参加他们的活动。钱灿灿说，仿佛高中的旧时光从未走远，我们还是那么相亲相爱。

安可已经比照片上十七岁的样子成熟了很多，他长出微微的胡楂，他说话的时候略带停顿，低头吻沈艺彤的动作一点都不生涩。

钱灿灿问我："看他们接吻你不心痛吗？我恨不得冲上去在他们中间造一条银河。"

我不心痛，我一点都不心痛，把头抬起来，看着天空苍凉的灰暗，让眼泪蒸发在空气里。

沈艺彤始终表现出一个女孩子最娇羞明媚的姿态来对待周围所有的人，她放下了对我、对钱灿灿的戒备。既然他们当着我们的面接吻我们都可以轻松地玩你拍一我拍二的弱智游戏，她就真的相信我们再也不会觊觎她的小爱人了。

按钱灿灿的话就是，我们曾经对林安可的痴心妄想由于时间的冲刷只得演变成了深切的祝福。

我不置可否。

好几次一起出去玩，林安可骑着车，沈艺彤温柔地靠在他的背上，梧桐树叶蹁跹，纷纷扬扬落下，他们两个人像拍广告的，画面感如此强。钱灿灿在一旁急得眼睛都红了，她懊恼地说："林安可怎么会选了沈艺彤，帅哥不是都应该配恐龙的吗？"

她很忧伤地学沈艺彤抱住我的腰，脑袋在我背上硌得我骨头生疼，我哇哇大叫："钱灿灿，你要谋杀姐姐啊？"

安可皱着眉头放慢速度对我们建议："要不然我载钱灿灿

吧。"

沈艺彤把安可的腰抱得更紧了："我不我不。"

钱灿灿两只放光的眼睛被我随后的一句话弄得极其暗淡,我说:"安可,你那小身板,禁不起灿灿大脑袋的锤炼啊。"

钱灿灿后来还一直耿耿于怀我让她失去和安可第一次亲密接触的机会,她说在华侨中学每一个少女都有一个抱着林安可的梦啊,虽然那只是懵懂岁月的一个幻想,总会随着时间而蒸发,但是我扼杀了她美梦成真的权利。

安可虽然敢当着我的面和沈艺彤接吻,但是在我面前一直表现得非常拘谨,每次看到我都好像有千言万语。阳光轻轻洒下来的时候,他眼睛里似乎能透出湖水蓝,精致的小脸多么让人喷鼻血啊,我看着他的脸心中一直在呐喊:来吧来吧,投入姐姐温暖的怀抱。但是这么多年祖国伟大的道德教育让我死守住内心大灰狼的蹦跶,我只能不断地提醒自己:淡定,千万要淡定,这么多年的忍耐才守护住了对美少年不为所动这座宏伟的贞节牌坊,绝对不能在这个时候倒塌。

4 >>>

大一第一学期的考试很快就来临了,我坐在考场上丢着骰子做选择题的时候,不断地质疑我是不是考古系的学生,何以它们认识我我都不认识它们呢?

成绩出来之后,我以全系倒数第一的成绩轰动了整个景大。系主任茶饭不思,立马叫我爸来求我赶紧退学,省得影响他们学校的声誉。

有无聊的人在学校BBS上讨论我为什么考倒数第一还进入景大,有一条最扯的就是,我色诱校长才入学的。

当然，提出这个答案的人很快因为言语攻击学校领导而被管理员注销了ID。而那个时期我走在学校任何一个角落，都能听到七零八落的讨论声。我完全地被世界抛弃了。

　　那时候我突然发现，有时候言论才是真正的刽子手。出现问题不可怕，可怕的是怎样面对流言飞语。

　　我看着没有一门及格的成绩单和我爸一起在饭桌上叹气，我为了不让他生气，嬉皮笑脸地对他说："要不然，我和你学做生意吧。反正行行出状元，说不定我以后就是商场上的另一个梁凤仪呢……"我自娱自乐的时候看到奶奶和妈妈都低着头沉默地扒饭，我知道多说也没太大意思，搞不好还适得其反，只好低下头来扒饭迎合大众。

　　那天晚上我爸一宿没睡觉，斑白的脑袋都快被他抓成了秃头，抽掉了几包小熊猫。在浓浓的烟雾中，我深刻地发现我是一个不孝女。我让平时只抽牡丹的爸爸一个晚上抽掉了他几个月的烟钱。

　　在我痛定思痛之后，我去求助钱灿灿，钱灿灿拿着一个放大镜走到我面前惊吓地说："你一个考古系的怎么能来求助我这个工商管理系的呢？"

　　我很无助。

　　在我无助的时候，林安可就像一道光一样来到了我的身边。

　　他帮我借复习资料，厚厚的笔记抄了好几个通宵才拿来给我，沈艺彤看着他的黑眼圈心疼得天天炖燕窝给他吃。他给我辅导英文，督促我在学校图书馆里做完成套成套的卷子，平日里一有时间就跑来我们教室陪我上课帮我记笔记。同来的当然还有沈艺彤，她在安可辅导我英文的时候不断地给他塞水果吃，我们上课上得很投入的时候她就趴在桌子另一头睁着水汪汪的大眼睛看着我们。她这么相信我们，倒让我觉得无比惭愧，就算心里有什么念头都因为她的这双眼睛被镇压得死死的。

大一下学期，我不负众望，以全班第十的成绩让流言飞语不攻自破，我对安可的感激犹如周星驰说的滔滔江水连绵不绝。正好他们系组织沙滩排球，安可就让我和钱灿灿一起参加，当放松放松。

去了之后，我才发现我们和群众多么格格不入，音乐系不是美女就是帅哥，我和钱灿灿这两个在恐龙里算是美女的人在美女里就只能算是路人甲乙丙，没有一个帅哥和我们搭讪，钱灿灿不死心地一直在沙滩上徘徊，妄想模仿琼瑶阿姨笔下女主角因为一个紫贝壳浪漫邂逅一个帅哥。

我反正无所谓，坐在一边给大家烤肉、烤土豆、烤鸡翅，望着被烧得火红火红的架子感觉人生很精彩。

远处安可他们在打排球，女生已经把周围包围得看不见安可的人影。粉丝很疯狂，那时候我就晓得了。

我独处一隅，无人打扰，陪伴我的只有满满的食物，人生还有什么比眼前的食物更让我感觉满足呢？

我乐滋滋地享受这难得的美好，把烤熟的鸡翅拿起来准备咬下去的时候，只听见大家的一阵惊呼，一个排球朝我这儿飞过来。以前我一直以为被篮球砸到这种画面应该只出现在篮球场或者灌篮高手的漫画里，我不知道排球也有这种杀伤力。我看见安可和排球一样朝我这个方向跑过来，我很想让他别惊慌，因为我又不是傻子，怎么那么容易被球砸到？所以我很灵巧地躲过了排球的袭击，它擦着我的额头而过。

当我正准备拍拍胸口感叹下我的高智商的时候，只看见排球砸到了烧烤的架子上，整个架子不知道根据哪个物理定律就被砸得蹦了起来，在我意识到要跑的时候，安可已经奔到我的跟前，一把抱住我，那个烧红的烧烤架整个就砸在了他的手臂上。

我一时间分不清我闻到的肉香是来自鸡翅膀还是来自安可的手，我只知道他瘦弱的小身板在抱我的时候显得如此伟岸，他只是抖动了一下，却没有倒下，在我惊慌得像只小白兔的时候，他低下头来温柔地问我："苏苏，你有没有事？"

那是我第一次听到他叫我苏苏，窜改一句歌词就是，这该死的温柔。

沈艺彤看到安可的手臂时，已经吓哭了，她一把拽过安可抱我的手说："安可，你疼不疼？我带你去医院。"

钱灿灿闻讯跑过来，扼腕痛惜自己错过了如此精彩的画面，再推推我说："苏苏姐，你还不陪安可去啊？他是为你受伤的啊。"

我看着他身边玲珑甜美的沈艺彤，继续啃了一口手上的鸡翅膀："表现温柔的一面从来都不是你苏苏姐的风格。"

钱灿灿气愤地叫嚣："苏苏姐，你傻啊你，我被你气死了。"

我转过身，望着碧蓝的天，把鸡翅膀放下，久久没有说话。

那天开始，我每天都做同一个梦，梦到安可抓着我的手，赤着被烫红的手臂发狠地问我："苏苏，你为什么不关心我？"

钱灿灿一直说我有一颗面对帅哥毫不动摇的心，其实她一直都不知道，林安可对她们来说，是青春时期的一个期待的梦，而对我来说，是一个想都不敢想的梦。两年的时间我失去了太多，我不知道，我什么时候才有资格，把它们全部真正地要回来。

5 》》

我没有和钱灿灿说我在演唱会外面遇到安可，倒是钱灿灿先告诉我，她在演唱会上看到沈艺彤了，她在我跟前不敢提安可的

名字，但她又不是那种能忍住不说的人，所以她就很委婉地告诉我："我看到沈艺彤了，穿得那叫一个风骚，坐的座位更风骚，VIP第一排正中间。"

这种位子才叫和明星面对面，果然够风骚。

沈艺彤家在景州是有政治背景的，爸爸是市委的一个什么官，当初我和安可去安海看演唱会的VIP，也是沈艺彤通过家里关系搞到的。

当初说要我后悔的沈艺彤现在终于如愿以偿地牵着安可的手当着我的面骄傲地走过。

人生不过转了个弯，一切又都回到了原点。

钱灿灿看着财经杂志边嗑瓜子边和我说："苏苏姐，你别难过，沈艺彤就是个捡破烂的。"停了一下突然感觉这么形容林安可不太好，马上改口："苏苏姐，我的意思是，沈艺彤就是个穿破鞋的。"这下更是越描越黑了，"不是不是，我不是说林安可是个破烂，你千万别误会……"

我站在自己的橱柜前听着钱灿灿的解释快要笑趴下了。

"别解释了，姐姐还赶着去打工呢。下午西经帮姐姐签到。"

"西方经济学换老师了你知道吗？"钱灿灿盯着财经杂志眼珠都不转一下。

"和我有什么关系啊？"当初选这门课就冲着学生还挺多才报名的，总共只去过一次，老师很搞怪，戴着副大眼镜，我们都没说话他自己先紧张。从此以后我就再也没去了。正好空余时间可以多打点工赚钱。

"现在新老师是学校新校董家族的接班人，到我们学校暂代一下西方经济学的课。我哥他们杂志要采访他他都不肯，狗仔队偷拍了半天才拍了个侧面。不过光看侧面就够销魂了，不知道正面怎么样。"钱灿灿扬扬她手中那本在景州很有名的财经杂志，也是她哥哥钱晖晖供职的公司。

"最近阶梯教室前两排的位置所有人都盯着呢。"钱灿灿看着那张照片目不转睛，"太酷了，太帅了，太有深度了，出过国果然不一样。"

"连个正面都没有，也能让你使用三个形容词，果然很强大。"我数了数要带的东西：衣服、鞋子、黑色袜子、车卡，差不多了。

"谁骗你呀，赶着过来听课的人光排队的话有京杭大运河那么长。"宿舍另一个姑娘紫鱼接话。

"听说他有女朋友了，好像是今年火速蹿红的电台女主播许千沫。"最最不八卦的果子都探头说道。

"这女主播最近要到我们新闻部录几期节目，我们部门所有人听到这个消息都像打了鸡血一样亢奋。最近报名加入我们部的人剧增。"

钱灿灿是学校新闻部一个幕后编导，这也是她在大学期间干过最窝囊的事。学校新闻部算是学生会一个很火热的部门，钱灿灿当初是冲着主持人的位置去的，说是可以对全校园展示她的动人美丽，结果没想到因为杜芸的美人计成了幕后编导，她有点幽怨地说其实是领导觊觎她的美丽不愿意她抛头露面。

我笑了笑，背上包包拉开门走出了宿舍。

6 ›››

我站在车站等77路公交车，包包里是做促销要换的衣服，下面放了一大包最近做促销活动的饼干，这会儿正好拿出来填充一下自己的胃。

由于我们学校地段偏僻，所以门口的公交车很少，平均半小时到一小时来一辆，这还要取决于司机开车的心情，公交时刻表上的时间基本上就没有准过，所以我每次等公交车都做好等一个小时的准备。

　　"方老师，你载我一程吧！你看这天快要下雨了呢。"

　　不知道从哪里传出一阵娇滴滴的声音，我看了看万里无云的天空，就是不懂观星相的人也知道这女的纯属自己YY。

　　我抬头一看，这不就是那个被钱灿灿封为"景大十大贱女之首"的杜芸吗？

　　杜芸算是学校的校花之一，大一那年"校园之星"选拔夺得了冠军之后追她的男生就像秋天的麦子一茬接一茬的，结果在进新闻部的时候和部长肖清墨好上了，最后成为了学校最好的一个栏目的主持人。

　　杜芸和肖清墨好了没多久又立刻把人家甩了，害得肖清墨差点要去吃老鼠药为情自杀。

　　钱灿灿说肖清墨这个人能力是有的，学业也是可以的，就是容易在女人面前跌倒。钱灿灿说完还看我一眼表示我也是曾经让他跌倒的众多女人之一。

　　这个肖清墨，人人尊称"大神"。这位师兄是个才子，当年竞选学生会主席全票当选，又同时身兼学校广播台新闻部文学社三部门首领之位，在学校里面可谓要风得风要雨得雨。最开始我没考倒数第一的时候他天天捧着一大束花在我们考古系的宿舍楼下唱《刘海砍樵》，后来我从楼上浇了盆冷水让他冷静冷静，他感受到我的冷血无情之后就带着他受伤的心走了。我转系之后，他已经是学校呼风唤雨的神话了。

　　肖清墨这个人虽然孬种了一点，但品德还是很高尚的。他没有因为我的冷水而不理我，更没有因为杜芸的背叛而给她穿小鞋，还让别人尽量迁就她，这让钱灿灿很不服气。钱灿灿平时把杜芸照片放在宿舍当箭靶，还给她封了一个很强悍的头衔："景大十大贱女之首"。

现在她靠着的那辆车，奥迪A8，还是进口的，一两百万不在话下。这绝对不是我们学校那些小毛头男生能开得起的。

"天气预报说，今天晴转多云。"我闲着无聊，不如搅一搅别人的好事。

杜芸脸上有点尴尬，转头看到我："我还以为是谁？原来是小师妹啊。"她故意把"小师妹"三个字说得很大声。

"那怎么好意思，我不过就是比你稍微小了那么一点点。"我顶回去，把饼干咬得嘎吱响。

"去哪儿？"车里面的人突然问道，那是一个有着成熟男人魅力的声音。

杜芸马上不理会我，笑着转头道："清平街。"

"不顺路。"车子里的男人冷漠地丢给她三个字。

太简洁了，简洁到杜芸的脸立刻像面瘫一样窘住。我在心里给那个男人鼓掌。

"这样啊？那不麻烦你了。"杜芸马上得体地走了，路过我的时候还狠狠地瞪了我一眼。

一种报复的快感席卷了我的全身，我继续吃我的促销饼干。

银灰色的奥迪慢慢开到我的面前，车窗半摇下来，只露出他一只眼睛，他依然很简洁地问我："去哪儿？"

我把饼干往嘴里一丢："你不顺路。"

"上车。"

"啥？"我一时愣住。

"我去清平街。"我告诉他。

"上车。"男人表现出了不耐烦。

上就上，你横什么横？我还怕你把我卖了不成，薛流苏如今的人生格言是：不贪便宜白不贪，能省一块是一块。我背着包包就上了那辆华丽的奥迪。

刚才的饼干吃得我口干，我毫不客气地问："有没有水？"

他看也没看我说："有。"他把手伸到后面，我也顺势朝那个方向一伸。我的手碰到了他的手，那是一双宽大温暖的手。我赶紧缩回来，不敢看他。

他把水丢给我，是一瓶矿泉水中的黄金水——依云。

我端起来就喝了，喝着喝着，突然感觉周围的树木静止了，我意识到车停下来了，我赶紧放下水去看旁边的男人。

正午一束强烈的阳光照到我们中间，是刺眼的白，男人英俊销魂的脸在树木的背景下还透着淡淡的英伦风，鼻子高而挺，眼睛深邃，皮肤保养得很好，特别是身上散发出来的气质，隐隐透着成熟和沧桑。

他深深地盯着我，目光在我的脸上扫过，像是隔着时光，隔着千山万水，久别重逢的期待和感伤。

他把手慢慢地伸出来，摸在我的脸上，他的眼睛太妖孽了，能把人的魂给勾走。

他这个姿势很轻浮，当然我上一个陌生人的车时就应该意识到这个人不是小绵羊，但是面对这么帅的男人，我横竖也不吃亏。

他一把拉过我，由于太用力我半个身子几乎倾倒在他的身上，而他的脸快要凑到我的脸上，他的睫毛又长又密，一股熟悉的味道迎面而来，他手臂用力地拽紧我的胳膊让我动也不能动。

他最终松开我的手，刚才激动的表情又恢复正常，他发动车，缓缓地往前开。

"对不起。"他突然说。

"没关系。"我居然一点不排斥他的无礼。我为我自己面对帅哥毫无羞耻心的念头感到惭愧。

"你认识我吗？"他问我，眼睛看着前方，波澜不惊。

我这才认真地转过头去看他，他有一张冷酷却英俊异常的面孔，并且特别深沉，看上去二十六七，再看他开的这辆车，我应该没有这么有钱的朋友。

"不认识。"我仔细想过之后回答。

他不再说话，只是看着前方，像是在想什么，我也老老实实地把水放下，看树木、街道、人在我眼前一个一个掠过，和这样一个完美的男人有这样一次邂逅，也算没辜负了那么多电视剧的经典情节了。

"你叫什么名字？"这是我下车前他问我的问题。

"薛流苏。"作为物物交换，我回答了我的名字。

7 >>>

推销完饼干已经是晚上九点了，妈妈给我打电话让我回家休息，我也没什么精力回宿舍，清平街离家近，走着走着就到家了。

远远地就看到奶奶搬了把椅子坐在门口，顶着一片青瓦房梁，在昏暗的黄灯下剪纸。

一年前市区的房子被收回之后，我和妈妈、奶奶三个人就搬来三坊九巷的祖屋里居住，这是明清遗留下来的老房子，悠远古旧，很久没有修葺，夜里刮风，门被吹得啪啪作响，外面野猫撕抓房门的声音都有空旷的回音。

比起四年前刚刚苏醒，对一切都陌生的我来说，这里的一切早已经让我习惯。

钱灿灿一度揶揄我，说我是公主变成灰姑娘，人生如同肥皂剧，六年前还是景大人人称颂的跳级天才少女，自从跌落山谷被救起，昏迷两年之后，醒来就变成了一介凡人。十八岁还在缔造神话，二十岁就成为了留级生笑话。最可悲的是居然从富家女变成了负债累累的穷苦女。偶像剧都没有这么狗血。

可是我如何告诉钱灿灿，对于生活给予的贫穷和变数我一点儿也不觉得难受，我最不能接受的只是安可的离开，眼看一个自己曾经那么深爱的人从自己的生命中离开，这是何等的悲伤和绝望。

奶奶看到我，苍老的眼睛眯成一条线，颤巍巍地说："苏苏回来了。"我跑过去，蹲在她跟前，看她剪出一只漂亮的喜鹊。

妈妈在大厅里揉面，我走过去说："妈妈，我帮你吧。"

"不用，你在旁边休息。"说完她又低下头，继续手里的动作。

我从包里拿出一千块："妈，钱你收着。"

"自己留着花吧，想买什么就买点。"

"我什么都有。"我把钱塞到妈妈的兜里，她低着头言语有些哽咽，"这一年多，你瘦了那么多，妈妈看着心疼。"

"没事的，我很好。"我搂了搂妈妈的肩膀。

我往炉子里添了点炭，让这个屋子稍微显得不是那么寒冷。打了热水，搬了把椅子静静地坐下泡脚，奶奶还在门口，边剪纸边看远方。

"奶奶是在等爸爸吗？"我问。

妈妈点头:"想起来就等,边等边剪纸,唉。"妈妈重重的叹息声带着浓浓的感伤。

我把头抬起来,看到空了一截的瓦片旁露出一道星光,我不知道我该怎样告诉奶奶,她等的那个人永远都不会回来了。

爸爸在一年前的车祸中丧生,我到医院的时候,他只是紧紧抓住我的手,想要和我说什么,可是他一个字也没留下,就闭上了眼睛。

奶奶受了刺激,老年痴呆更加严重,谁都不认识。

而我的妈妈,那个和我有着一样细长眉眼的柔弱女人表现出前所未有的坚强,她认真地帮爸爸把鞋袜穿戴整齐,还给他化了一个简洁的妆。最后,她温柔地抚摸我的头发对我说:"流苏,从今以后,我们家再也不是从前那个富裕的家庭了,以后都要靠你了,奶奶有病,妈妈眼睛不好,你只能坚强勇敢地生活下去。"

那天开始,我突然感觉到生活的重担像一座山,压得我无法喘气。我把头发剪成了齐耳短发,把眼泪擦干,我坐在镜子前看着镜子里的自己,镜中的人眼睛细长,五官小巧,眉目间透着不属于这个年龄的成熟,我对着镜子照了一个晚上,我要记得我自己的样子,记得自己悲恸的样子。

因为从今天以后,我再也不会用这样的表情来面对未来。死亡没有把我打倒,背叛没有把我打倒,伤害没有把我打倒,那么生活也永远不会把我打倒。

8 >>>

妈妈给我包了饺子,我把前几次上课的笔记拿出来看。

奶奶走回大厅里,突然对着妈妈说:"苏苏这么大了,有没有男朋友啊?"

我和妈妈都为奶奶思维的跳跃感到惊奇。奶奶每次都是该糊涂时不糊涂，不该糊涂时瞎糊涂。

　　"苏苏还小呢。"妈妈解释。

　　"小什么小？苏苏都二十二了，我以前十八就生了她爸爸了。"奶奶自从得了老年痴呆之后就容易记忆错乱，但是偶尔异常清醒。比如现在。

　　"等苏苏毕业吧，这事儿怎么能急？"

　　"我记得以前她爷爷在的时候给她定过一门亲，那家人姓什么来着？赵？钱？孙？李？不对不对，到底姓什么？"奶奶开始背百家姓。

　　这句话她自从得病开始就三五不时地提出来吓唬我，什么年代了，谁还有定亲这么土的事啊，如果我真定了亲，这么多年怎么连个人影都没看见？

　　奶奶自从得了这个病，有时候觉得自己只有十八岁，有时候觉得我只有八岁，以前七点就睡了，现在十点了还神采奕奕。就连行踪都变得飘忽不定，半夜不睡在厨房里拿红糖吃，开始妈妈给我打电话说家里有耗子让我带只猫回来，带了猫回来了红糖还是照样不见，最后某天半夜我守株待兔才发现，这只所谓的耗子其实是奶奶。最恐怖的是有时候她明明剪了只喜鹊，她非说是只猪，还问我她剪得像不像，我只好昧着良心说："太像了，这根本就是一只猪。"你说这让喜鹊听到多伤心哪。

　　此刻我一听到奶奶说了这个开头，就赶紧擦脚上楼，一刻也不敢耽误。我怕她等会儿非逼我承认鸳鸯是大象就不好了。

　　刚走到房间门口，就看到一枝红色的康乃馨，我立刻尖叫："妈，这花哪里来的？"

　　妈妈从楼下跑上来："隔壁开花店的小王卖剩下送我的。怎么啦？你不喜欢啊？"

我摇头，把花拿进房间。

花茎有一点点的枯萎，是一朵马上要凋零的花，我坐在床上，看着这朵康乃馨，闻着它的香气，想起了林安可。

9 »»

在林安可沙滩受伤之后我一直都没有去找他，他也没有来找我，这就让沈艺彤更加觉得我们此地无银三百两，她主动来找我，我们约在艺术大楼的顶楼。

风异常大，我前夜特意用天文望远镜观望了一下星象，断定今夜星光璀璨，百年难得。

我准备转头对沈艺彤说："姑娘，今夜星空灿烂，不如我们来吟诗作对吧。"如果当时她没有抢先说话，如果她附和了我说："好吧姐姐，这夜色果真美妙。"那也不会有我和林安可后来的发展。

沈艺彤平日那双迷蒙水灵的大眼睛从慵懒变得强势，她先抢了开头："我没想到以你现在的智商和条件也敢打林安可的主意，不愧是考倒数第一的人。"

她这话我一听就有语病，我如果要打林安可的主意，不管我是考正数第一还是倒数第一，不管王母娘娘还是玉皇大帝都拦不住我。

这一天我终于看到了沈艺彤的真面孔，和川剧变脸似的，所以我就没打算邀她和我吟诗作对了，我直接和她说："我就是打他主意你又能怎么样？"

"就凭你，你哪点比得上我？"她上下打量我，不屑地说。

"只要锄头挥得好，没有挖不倒的墙脚。"我也站直了和她说

话，好歹我也大你一岁，要比成绩和美貌我不行，要比乱说话我和钱灿灿也学了很多。

"薛流苏，我就知道你是装失忆博同情。"她一跺脚，就要朝我扑过来。

我怕她一激动把我推下去，让我当场暴毙。我想起这个天台是景大学生自杀的摇篮，每年都有几个学生来这里自杀，不是为情所困，就是为学业所扰，要么就是为前途担忧，一时间觉得生活无望不如死了干脆，所以大家给这个楼封了一个很传神的名字，叫"绝命楼"。如果我今天从这里摔下去死了，他们也只会把我归结成如上三点的其中一点，绝对没有人会知道我是被人谋杀，想要为我平冤昭雪。

我害怕我死在这里，于是在沈艺彤扑过来的时候，赶紧跑到天台门口的位置做逃生状，一站到安全出口我的底气又来了，我继续说："来啊来啊，姐姐怕你吗？我就是喜欢林安可，我就是爱他爱得要死，我就是要把他从你身边抢走，怎么样啊？怎么样？"

那天我发现原来逞口舌之快有一种醋畅淋漓的快感，我不知道是不是死里逃生让我道出了这么多年来邪恶的心声。

在沈艺彤指着我发抖到说不出话来的时候，我准备收工回家。

待我情绪高涨地拉开了安全门准备下楼时，我没想到，门后面站着林安可。

他目光幽蓝，脸静而白，抿着嘴看着我。我吓了一跳，我不知道他刚才听到了多少。但是为了掩饰尴尬，只好指指他身后的镂空花墙壁，假装风雅地说："兄台，今夜星光美好，你也是来赏月的吗？"

说完之后我看着镂空花透出没有月亮的夜空真想抽自己两耳光。我不知道我怎么能说出这么白痴的话。

林安可看着我的目光如一道光，像是要活生生地把我吞到肚子里去，我明白他肯定听到我刚才无耻的表白，伪装只能让自己更像一个白痴。

身后的沈艺彤看到了林安可后眼泪哗哗地直流，指着我说："薛流苏，你这个不要脸的，两年前勾引安可未遂，两年后又来勾引，安可你快告诉她你不喜欢她，你爱的是我。"

我当时前面站着林安可，后面站着沈艺彤，形成了前有狼后有虎的局面，进退维谷，安可一动不动，一言不发。我想我完蛋了，这次彻底完蛋了，百年道行一朝丧，我闭上眼想，死就死了，反正一次性把脸丢完以后就立地成佛算了。

我一赌气抱住林安可，狠狠地把嘴吻在林安可的嘴上，他嘴唇异常的柔软，瞳孔里却有震惊的诧异。

沈艺彤也吓呆了，下一秒冲过来拉住我的头发向后扯，手狠狠地打在我的脸上，一下、两下、三下，我一动不动让她打，反正从当她的面吻她的男人那一刻开始我就知道这是一条属于小三的不归路。电视剧里小三挨打都是家常便饭，元配总会在打小三的时候恶言相加："有本事勾引人家男人就别怕别人报复。"

我就让她打，我作好了心理准备。

在沈艺彤打第六下的时候，安可过来抱住我，他说："艺彤，别打苏苏了，你要打就打我吧，是我对不起你。"

沈艺彤开始号啕大哭，脸扭曲到完全看不见本来的样子，她说："林安可，我对你不好吗？薛流苏不见的时光里，我一直陪着你，你忘了你难过的时候，伤心的时候，想死的时候是谁安慰你、开导你，不离不弃地守着你？她一回来，你就变了，我恨你，恨你们。"

沈艺彤跑下楼了，我不知道不归路的结局这么戏剧化，该走的我没走，不该走的她却走了，安可摸着我被打肿的脸轻声地问我："痛不痛？"

我摇头，看着他，有点不好意思。蓦然间我又感到懊悔，本来守着一个秘密死活不说就像守着一座贞节牌坊，虽然很难挨，但至少受到万人景仰，人人都以为我是个圣女，这么多年和一个帅哥保持纯洁的姐弟关系，这下注定我要被千夫所指、万人唾骂了。我在心里深深地叹了口气，为我的牌坊倒塌感到难过。

安可却在我深思的时候，抬起我的下巴，眼睛闪亮地问我："在想什么？"

我索性无耻到底："我在想刚才那半个吻……"

他低下头来，用他柔软的嘴吻住了我下面的话。

空气中的风有薄荷般的清凉，他那张干净迷离的美少年脸庞让我觉得世界从未有过如此美好，他身上有干净的清香，时光都是恬静的。

我被吻得晕头转向，脑子只有一个念头，一个牌坊倒塌了，坚定的爱情站了起来。

许久许久之后，安可把头抵在我的肩膀，微微地说："苏苏，我做了那么多，就是为了让你说爱我。三年了，那个爱我的苏苏，又回来了。"

后来，我想起安可和我在一起的画面，都会摸着心口的位置不自觉地抬起头来，我怕我低下头，就会想起爸爸的死，想起安可牵着沈艺彤离开，想起那个青灰色的下雨天被雨淋到快要死去的自己，我怕我会忍不住掉下眼泪来。

我怎么也没想到期末我的西方经济学居然会挂科。

不偏不倚正好59分。

我不相信，我不相信，我做了那么多小抄，钱灿灿还丢了小纸条给我，凭什么她76我才59，这世界太黑暗了。

挂科事小，补考费事大啊，一门一百块，我得在K爷爷家站20个小时，在麦兄弟家站17个小时，在鸟巢家站15个小时……最悲剧的是我很可能因为补考没过而再次留级。

我决定要去见一见这半年里和我素未谋面的"大运河"老师。

这个老师我是不知道长什么样的，钱灿灿和紫鱼她们给我的形容就是："融合了古天乐、刘德华、吴彦祖、木村拓哉、金贤重等明星优点于一身的那个就是啦。"

我往那儿一站，看三三两两走过的老师，别说刘德华了，就是吴孟达也没看见一个。

我又沮丧地开始数楼层的数目，数完楼层我就数台阶，后来我终于开始数树叶的时候，有个人拍了拍我的肩膀。

"你怎么在这儿？"我转过来，是上次载我去超市的男人。细碎斑驳的树荫下面，琥珀色的眼珠嵌在深邃的眼眶里，身上一套整齐的条纹衬衫透着淡淡的成熟和内敛，他眉头蹙紧地看着我，忧郁起来还是该死的俊美。

看他的样子应该是学校的某个高层。

"你有没有看到方老师？"我很礼貌地向他打听。

"哪个方老师？"

"就是那个融合了古天乐、刘德华、吴彦祖、木村拓哉、金贤重等所有明星优点于一身的西方经济学方老师。"

"学校有长这样的人吗？"他的嘴角微微上扬，眼中含着笑。

"我也是听说。"我老实交代。

"他是你老师？"

我点点头。

"那你不知道他长什么样？"

我把头垂得低了点。

"你一学期上了几节他的课？"

我把头垂得更低了点，对他伸出了一个拳头。

"那你来找他干吗？"

他的问题让我惭愧得只看见我自己的脚和脚下的石头。他一语戳破了我这半年的荒唐，他让我觉得哪怕我见到"大运河"老师我又凭什么质问他？

我迅速地抬起头，看着字字紧逼又好整以暇的一张脸，不经大脑地说了一句："我来找他做我男朋友行不行啊？管得着吗你？"

他刚才嘴角只是微扬，下一秒就咧开大笑了，他笑起来阳光灿烂，一点也不冷漠，带着一点点阴柔的美。

之前净看他装酷，现在突然大笑起来让我觉得眼皮直跳。

他微微地环抱着手臂，眯起眼睛来看着我，缓缓道："我就是你的西方经济学老师方少顷。"

……

逝水流年的青春之痛，
抵死纠缠的回忆之殇。

第二章>>>

小帅哥叫"妈妈"的由来

1 》》

　　方少顷，现年二十九岁，哈佛商学院MBA毕业。家族势力庞大，却白手起家。在美国期间和朋友一同创办了自己的金融公司。长期居住海外，去年刚刚回国。家族刚刚收购景州大学。平日里是一个很低调的钻石王老五。

　　电台火速蹿红的女主播许千沫是其唯一的绯闻对象，两人相交数年，传言明年结婚。

　　这是我从钱灿灿的哥哥钱晖晖那里搜集到的关于方少顷的资料，钱晖晖以为我是他的粉丝，很好心地给了我一张他的照片，并且友情提醒："千万别迷恋他，他是个传说。"

　　难怪钱晖晖33岁了才坐到杂志社主任这个位置，这点眼力见儿都没有。

　　俗语云，知己知彼，百战不殆。我要方少顷的资料，是想看看他有什么突破口可以挽救我不及格的悲剧。

　　我看着他那无懈可击的资料，他一不缺钱二不缺女人三不缺权势，真不知道他要什么。

　　我没有和钱灿灿说我和他第一次相遇的画面，我怕她会抓着我追根究底。我随手把这张照片塞到口袋里，想着在那天我恳切地让他帮我改分数之后他义正词严地对我说了一句英文："No way。"

　　他笑起来的嘴角有迷人的弧度，眼睛苍穹似的望不到边，琥珀色的瞳孔像是余晖下的一抹暖黄，让他整个人看上去深沉又忧伤。他根本不像任何明星，他根本就是明星。

　　我知道没戏了，我扭过头边走边说了一个我三年来发音最标准的单词："Shit。"

此刻我站在K爷爷家的儿童设施区照看一群上蹿下跳的孩子，室内散发着淡淡的鸡翅香，那是我闻太久就想吐的味道，店长漫不经心地在店内散步，炸薯条、做汉堡的小弟小妹们忙得不可开交。

在这个把女人当男人用、把男人当畜生用的地方，我只好认命地为我的补考费很男人地站着。

我看见了一个小男孩。

五六岁的样子，瘦而且要命的小，穿灰蓝色的衬衫、咖啡色背带裤，坐在高高的滑梯上面，蜷缩着。

他显得那么孤独，头发稀疏地盖住他的脸颊，看不清楚他的样子。

"你玩不玩？"有个小男孩推推他。

他一动也不动。

"不玩你在这儿干吗？"小男孩继续问。

他只是抬起头来看他一眼，又低下头来。

我第一次看到这么小的孩子看人的目光这么淡漠，他似乎在他自己的世界里，谁都不能打扰。

"不玩别挡着我们。"另一个小胖子过来推他。

那个滑梯上面空间本来就不大，一下子多了一个小胖子，有种摇摇欲坠的危险。

"小朋友，别吵了哦，姐姐请你们吃糖。"我拿着糖果上去解围。

"谁要你的糖。"那个本来缩着的小男孩突然站起来朝我凶起来，一张英俊得像童话里小王子的脸暴露在灯光下，浓密的睫毛，粉嫩的脸，小帅哥的雏形那么明显。

我对帅哥向来都没有免疫能力，不论年龄大小。所以顷刻，我只有讪讪地愣在原地，不知道要对他怎么办。

小胖子可能看不惯他这么凶，在他的后背狠狠一推，小帅哥一个没站稳，就被小胖子推倒下来。

我吓得冲上去想接住那个小帅哥，一方面他很帅，我不忍心他受伤，另一方面我不想失去这份兼职。

但我还是慢了一步，我只抓住小帅哥的衣角，眼睁睁地看着他的脑袋狠狠地敲在游戏设施旁边的护栏上，当场肿了一个无比大的包。

我吓坏了，先是尖叫一声，然后跑过去一把抱起他。我以为他会哭，但是他没有，他冷冷地看着我，仿佛是我大惊小怪。

他的眼神，让我的心莫名地疼痛起来，像是对我刚才没有接到他的一种惩罚。

很多人因为我的尖叫聚拢过来，我生气地指着小胖子说："你怎么能随便推人，让你家长赔医药费。"

刚刚上厕所回来的胖子妈妈立刻护着小胖子："小孩子又不是故意的，你那么凶干吗？什么服务态度啊？"

有人在旁边说："他爸爸妈妈呢？"

我这才发现，这个小帅哥他是自己一个人。他睁着他那双漂亮的大眼睛，俊脸显得那么无助。

小胖子妈妈看到他爸爸妈妈都不在，就更大胆了，马上横了起来："他爸爸妈妈都不管他，你叫嚷什么啊？"

本来冷漠的小帅哥被小胖子妈妈这一句话弄得红了眼圈，一时间，一股强烈的正义感爬上了我的心头，钱灿灿说，祖国教导过我们，在别人危难时刻一定要伸出友情之手。我不能让这个小孩受委屈，何况还是这么帅的小孩。

我抱起他，他先是有点惊恐地挣扎了一下，但是他很快就感觉到他小小的身子扭不过我强壮的手臂，于是停止了挣扎。

我温柔地摸摸他的脑袋，怜惜地看着他脑袋上肿起的包，冲他眨眨眼说："宝宝，很疼吧？"

他在瞬间就会意了我的表情，立刻挤出一点眼泪假装虚弱地捂住头说："妈妈，好疼好疼哦，我会不会死掉？"我们一说完，众人皆露出惊诧的目光看向我们。

好的，非常好，就是要这种效果。

我带着小帅哥直直地走到小胖子妈妈面前，把眼睛一瞪，做出母鸡护小鸡的姿势来："你眼睛瞎了吗？他妈妈在这里，本姑娘是也。快赔我儿子医药费。"我说得如此顺口，谁都不能质疑我和小帅哥的亲子关系。

小胖子妈妈脸上一阵红一阵白，立刻抱着小胖子边撤退边说："我儿子什么也没干，你别想讹我的钱。"

两个虎背熊腰的身影仓皇地消失在了K爷爷家的楼梯转角，刚才还在店里散步的店长和炸薯条、做汉堡的小妹小弟们都惊奇地蹿出来围着我。

"小薛，你怎么能带孩子来上班？"店长有点怒气。

"呃……这……"完蛋了，工作不保了，这下换我无助地看着小帅哥。

他立刻转过头，撇着嘴，露出可怜兮兮的表情说："哥哥，今天是我的生日，我想妈妈了，所以自己跑来的，你不要怪妈妈好吗？"说完又扭过头来冲我眨眨眼，我也会意了，他这是在让我博同情。

我赶紧把眼睛一眨，硬是弄出一点眼泪，略带哭腔地对店长说："对不起，店长，希望你能原谅我这一次……这年头单亲妈妈很苦、很惨的……"说完硬是假装哽咽了两声表达生活的辛酸。

小帅哥很配合，他抚了抚我凌乱的发丝，双手搂住我的脖子，把头埋在我的脖子里，柔软地蹭了蹭，突然哭着叫着："妈妈，妈妈。"

所有人都为这孩子两声悲凉的呼唤感动得抹眼泪，连我这个做"妈妈"的都不得不在心底被这个小帅哥的演技折服。

这完全是一部台湾亲子苦情剧，不动容的人绝对没人性啊。

店长刚才有些怒气的脸也变得慈祥了，他抹了抹眼角的泪说："小薛，没想到你这么苦，平时真是没看出来。快带孩子去看看头吧，别留下什么后遗症，这儿有五百块，也不多，当做我的一点心意。"

怀里的小帅哥还非常卖力地在我肩头抖动，我一把拽过钱，止不住内心的喜悦拿起包包就朝门口走去，感觉走路都带着风。

五百块，我流泪地想，补考费，你终于回来了。

3 〉〉〉

走到门口，我把小帅哥放下来，别人哭就像抹布那么丑，怎么他哭还是帅得惊天动地的？这小东西长大了肯定祸国殃民。

"好啦，别演了，都没观众了。"

他圆滚滚的眼珠转了一转，立刻停止了抽搐，一扫刚才的阴郁，天使一样柔软的脸孔天真地对着我。

我蹲下来，帮他整理乱了的衣服，他突然变得很乖、很听话，看我的眼神都变得柔软了。

"告诉姐姐，你爸爸呢？"

"找二妈去了。"他非常淡定地回答我。

这下我不淡定了："那你妈妈呢？"

"是你是你，就是你哦。"他眨着稚气的眼睛，和我开玩笑地说。

"快点报出你家人电话，要不然我就把你丢马路上。"我恐吓他。

"你不是要带我去看头吗？"他看着我手里捏着的五百块。

"我为什么要带你去看头啊，你又不是我儿子。"我捂住我的小荷包，警惕地看着他。

小帅哥冲我甜甜一笑，那真是花儿见了也开放的笑容，但就是笑得我毛骨悚然。

突然，他一屁股坐在地上，双手撑着地面，眼泪从眼角疯狂迸发："妈妈，你不爱宝宝了吗？你要丢下宝宝了吗？宝宝的头好痛，妈妈为什么不带宝宝去医院？妈妈……妈妈……"

我被他的临场演技深深地折服，原来微笑是暴风雨的前夕。

周围的人又聚拢过来，纷纷指责我："你这个做妈妈的怎么搞的？孩子哭成这样也不管管。"

"这孩子真可怜，头上的包肿得像个馒头……"

小帅哥在哭泣中还不忘透过指缝偷偷看我一眼，我看到他带泪的眼中含着邪恶的表情。我真想冲上去拎起他告诉大家他在演戏，你们千万不要被他精湛的演技骗了。

我在大家指责的目光中，无奈地走过去，抱起他说："宝宝别哭了，妈妈和你开玩笑呢。妈妈最爱宝宝了，是不是？"

他瞪得大大的眼睛看着我假装无辜地说："妈妈，那我们可以去医院了吗？"

我咬牙切齿地回答："可以，当然可以。"

他露出了胜利者的表情，整个脑袋放在我的肩膀上，小声地跟我说："谢谢妈妈。"

我站在路口等车的时候，对怀里这个又帅又邪恶的小孩产生了一种复杂的感情，他让我明白做个"正义之士"不是那么轻松的。

由于这条路比较偏僻，很难打到出租车，在我的手因为抱着这个小孩快要肌肉抽筋的时候，一辆蓝色马自达开到了我的面前。

林安可探出头来问我："苏苏，需要帮忙吗？"

这要是换做平日里我是鸟也不会鸟的，但是我怕我的手再这样抱下去会面临残废的危险，我还是上了林安可的车。

我打开车门对他说："去军区医院。"刻意坐到了后排的位置。

车子里在播放悠扬的小提琴曲，曲调柔和，容易让时光变得缓慢。我想起大一的时候，我们四人组一起参加学校的公益活动，回家的时候，共坐一辆出租车，那时候我还没有挖沈艺彤的墙脚，我们四个人就是景大风靡一时的"四人帮"。

钱灿灿坐在前排，我、沈艺彤和安可坐在后排，沈艺彤靠在安可的怀抱里，小鸟依人，乖巧文静。广播里突然播放了一首小提琴曲，就是这首，安可随口一问："苏苏，你知道这首曲子叫什么？"我白他一眼，说："你太小看姐姐我了，怎么说我也是有文艺修养的人。"沈艺彤和钱灿灿就很期待地望着我。我拖着腮，特自信地告诉他们："这是肖邦的《命运交响曲》。"

我只听见一个紧急刹车，车子差点追尾，钱灿灿笑得直接从座位上滚下来，沈艺彤也笑得倒在安可身上几乎要撒手人寰。

她们的失态让我发现我犯了一个低级的错误。

钱灿灿说："姐姐你也太搞笑了，见过离谱的，没见过这么离谱的。《命运》哪是钢琴曲啊？再说也不是肖邦的，是贝多芬的好吗？"

司机擦着汗说："小姑娘你快吓死我了，你确定你是大学生吗？"

我尴尬极了，但是为了掩饰尴尬，我硬着头皮应他们："笑个屁啊，谁规定大学生就必须分辨得出钢琴曲和小提琴曲了啊？再说外国人名字都差不多嘛，谁知道他们谁是谁啊？"说完我把头撇过去，掩盖自己的窘态，半透明的玻璃窗上，是一张和番茄一样红的脸。与此同时，我看到安可的脸也印在玻璃上，他微微地笑着，但那并不是嘲笑，他透明的眼眸里闪过一点点我平日没见过的温柔，他说："这是约翰尼·斯文德森的'浪漫小提琴曲'。"

从那天之后我开始恶补音乐知识，我发现很多钢琴曲也能弹成动听的小提琴曲，我在宿舍播放钢琴曲，当时和我同宿舍的几个考古系女生非常厌恶我。

我总在想如果上天再给我一次答题的机会，我一定要很优雅地说出正确答案，让安可对我刮目相看，只是后来我几乎背下了所有有名的音乐大师和他们的作品，却再也没有机会对安可说出它们的名字。

你看，有时候机会就只有一次，错过了，就只有下辈子了。

抬起头的时候，看到安可在用后视镜看我，他的目光那么忧伤，湖水蓝的光芒巍巍颤颤，不知道他是不是也想起了关于这段旋律的那个故事。

他打破沉默："这个小孩是谁？我以前没见过。"

我还没来得及回答，小帅哥从我怀里伸出脑袋，用软软的童音说了一句："妈妈，我渴了。"

安可的脸在小帅哥叫我妈妈的瞬间立刻变得不自然，我低头看到小帅哥恶作剧般地看着我，我真想把他那张小魔鬼般的脸捏成一团丢到外面。

但是我没有和安可解释，我觉得这是一个报复他的好机会，我很冷静地问："有没有水？我儿子渴了。"

安可不可置信地伸手去拿水，我看到他拿水的手一直在发抖。

他的声音有些艰涩："你什么时候有的儿子？我怎么没听你说过？"

我给小帅哥喂着水，我想对安可笑着说："就在刚才啊，和你开玩笑的嘛。"但是我看着后视镜里那张曾经伤害过我的脸，冷淡地说："就在不认识你的时候生的，怎么样？我儿子很帅吧？"

气氛有些僵硬，安可一句话都说不出来。

车子开到军区医院，我拉开车门下车，安可下来拉着我的手，他凝视我，眼中带着愤怒。分手之后有整整一年，我没有直视过他的目光，他刚离开的那段时间，我天天做梦梦到他冷淡地对我说："我爱的那个人，从来都不是你。"我每天都会枕着这句话哭醒过来。那时候我才知道，曾经义无反顾的爱原来只是一场黄粱美梦，当所有的人都走了，只剩下心口留有针刺般的疼痛。

我对自己说，这个曾经伤害我至深的人，会随着时间慢慢地消失在我的眼前、我的生命里。我不知道有一天，他还会重复曾经的动作，只是动作不再温柔，有的只是愤怒和质疑。

我们是如此没有默契，就连我的一个谎，他都无法识破。

"妈妈，我的头好痛好痛哦。"小帅哥刻意摇摇我。

"请放手。"我客气地对安可说。

安可终于放开拽住我的手，看了一眼小帅哥，头微微地低了下来。

我带着小帅哥朝医院走去，只是觉得林安可刚才的样子很滑稽。

曾经在分手的时候说"我爱的从来都不是你"的林安可，何必在看到我有一个孩子的时候，装出一副痛心疾首、被人伤害的模样？

4 》》

我和林安可，在和沈艺彤摊牌之后，有过甜蜜而温暖的时光。

我们一起上课、下课，他每一场表演我都到场，我每一次考试他都帮我温习。我们走在一起，不管世界的目光，不管别人的唾骂，我们在一起，就觉得全世界都为我们鼓掌，全宇宙都会给我们祝福。

恋爱给了我大无畏的勇气，让我无视所有锋利的目光，爱得理所当然。

安可最喜欢在香樟树下等我下课，在我来的时候牵住我的手，不理会学校里所有人对我们的指指点点。那时候所有人都在我背后骂我不要脸、第三者，说我是个贱女人，但是我昂首挺胸，为了我的爱情就算全世界都把我看扁又怎样？只要我爱的那个人也一样爱我，我就愿意为他扛下所有的刀剑。

他把沈艺彤给他的演唱会VIP票拿来带我去安海看演唱会。

那天我们走得很匆忙，匆忙到只带了很少的钱。

那是一个圣诞节，天空下着雪，我们坐的是双层的绿皮车厢，没有座位，安可靠在抽烟区轻轻地抱住我，火车隆隆地开过山洞，我听到了他强健的心跳声。

我们坐了四个小时的车，那是景州十年不遇的雪，纷纷扬扬地落在玻璃上，慢慢地消融成水，流成歪斜的线。

安可把我的手放在他的怀里，温柔地说："苏苏，我要带你去听世界上最动听的声音。"

他说的这个最动听的声音就是落单。

落单的歌声有一种安抚人心的静谧感，洗涤你的灵魂，净化尘世的纷扰，你会跟随他的音乐感伤、思念，或落泪。

他的第一场演唱会，就在安海。

演唱会的现场非常安静，我和安可坐在VIP的位置，听得非常仔细，散场的时候人群拥挤，我和他走散了，我没有带手机，不知道怎么找他，只好站在体育场外面等他。

后来我看到一大束刺眼的蓝色光线在体育场的台子上高高地亮起，我从来没见过那么多的荧光棒，像一座璀璨的水晶宫，能把整个地球照亮。

安可用在风中瑟瑟发抖的身体紧紧地拥住它们，焦急地一遍一遍喊着我的名字："苏苏，苏苏！"

我在台阶下面，看到稀薄月色下的安可，他就似黑夜里的一抹星光，照亮了我心底最柔软的部分。

我想无论过去多少年我都不会忘记安可抱着一大束荧光棒站在人群中焦急地喊我名字的样子，静谧的夜，温柔如洗的月光，他就像是一个巨大的发光体，一下子就刺激到我的泪腺，让我突然想哭，想流泪，想和他在一起一生一世。

因为买荧光棒，我们只剩下一张回去的车票钱，我们商量了很久，最后安可决定逃票。他买了一张站台票，蒙混进站，但是在车厢临检的时候还是被人发现了，他拉着我在火车上一直跑一直跑。夜里的车厢只开了走廊的一排灯，我从来不知道安可的奔跑速度可以那么快，但是他带着一个我，很快就被人抓住了。

我气喘吁吁地说："安可算了，我在下一站下车，等你回去了，再过来接我吧。"

安可紧紧握住我的手，用他那清澈的眼睛看着我，坚定地说："要下一起下，要回一起回，我不会和你分开。"

那是他说过最矫情的话，在他说完的瞬间，却让我悄无声息地落下眼泪来。眼前这个比我小一岁却又等了我这么久的男孩子，他干净、单纯、美好，他说他不会和我分开。

我多么希望时间就永远暂停在那一刻，让我以为全世界的爱情就是如此，有我爱你，你爱我，人生就能这样走到尽头。

5 》》

"你怎么哭了？"小帅哥趴在我的身上，用他小小的手掌擦拭我的眼泪。

我看到他手上的液体，才发现自己哭了。

小帅哥的额头已经包扎好了，医生对我说："孩子没什么大碍，一天上两次药，多揉揉让淤血散得快点。"

"好的好的。"看完了，终于可以放下这个包袱了。

但是小帅哥不肯放过我，他捂着脑袋，眨着他那双天使般纯洁的眼睛问："医生叔叔，可我还是觉得头好痛哦，你要不要给我照个CT？"

蓝色伤痕
文学系列
07(5)

CT？这么点大的孩子就知道CT？我像他这么大的时候只知道医院是个恐怖的地方。我下意识地又摸了摸我的荷包，笑着问医生："医生，CT怎么收费？"

"不知道你是要平扫呢还是增强？要国产呢还是进口，我们这是一甲医院，做一次CT两百到五百不等，你看你家孩子要做一个吗？"医生笑着问我。

"两百到五百？"多么惊人的数字，那我这五百块不就瞬间变成气泡了吗？

我立刻抱住小帅哥，露出和蔼的表情，笑得灿烂无比地对他说："宝宝乖啊，我们先不做CT了，妈妈多给你揉揉就好了。"

他迟疑地看着医生，像是很努力地思索说："如果宝宝变成傻瓜了怎么办？那宝宝以后长大了就不能赚钱给妈妈了。"

我真想斜他一眼，对他吼"你这也叫傻瓜，那全世界都是傻瓜了"。

"我家宝宝这么聪明，怎么可能会变傻瓜呢？"说完立刻把他的脑袋按在我怀里，不让他再有说话的机会。

"再见啊医生，有空再来看您。"我快速朝门口转移。

到了走廊我才擦了一把汗，孩子不好带，特别是一个有着天使外表、恶魔内心的小孩就更不好带了。

"好了，现在可以告诉姐姐你家里的电话了吧？"

小帅哥可能觉得他玩够了，终于对我报出了一组11位数的中国移动号码和他的小名。

我打过去的时候，电话是个女人接的，我也不管她是哪位，先说道："你们是谦谦的家长吗？"

对方先是愣了愣，然后回答："我是他妈妈，谦谦人呢？你

如果记忆不说话
流年 也会开出花

们是不是绑匪？要多少钱？"

事情大条了，他们误以为我是绑匪，我很紧张地和她解释：
"是这样的，谦谦现在在我这里，摔伤了头，我们在军区医
院，麻烦你过来带他回家好吗？"

挂上电话我拍拍小帅哥的小脸，说："你不乖哦，你有妈妈
哦，还乱叫。"

他嘴巴一翘，一脸不高兴地说："她才不是我妈妈。"

这孩子，我真不知道要对他说什么，只好牵着他坐在医院走
廊的椅子上等他家人。

他一坐下来，眼睛里就充满我最初见到他时的那种孤独，额
头因为包着纱布，高高地肿起了一块。

"还疼不疼？"我问他。

"不疼，爸爸说男孩子要勇敢。"他转过头来看我。他静下
来的样子让人看着有揪心的疼痛。我想起他刚才从那么高的地
方摔下来，竟然一声不吭，护士给他擦药，他也只是皱紧了眉
头。

"饿不饿？"

"嗯。"他冲我用力点了点头。

我从包里拿出饼干来喂他，他掰开一点点，放到我面前：
"你吃吗？"

我发现他不搞恶作剧的时候确实比普通的小孩更加乖巧。

"姐姐不饿。"我揉揉他的头。

他吃完了之后，软软地靠着我，先把脑袋扎到我怀里，再
把手攀在我的脖子上，我觉得他希望我抱抱他，可他又不好意
思说。我用力地把他抱在怀里，看他用手搓搓眼睛。看来他困
了。

"困了就睡吧。等会儿你家里人来了，姐姐再叫你。"

"你能给我唱歌吗？"他有些试探地要求。

我笑着点点头，像是很自然地，我给他唱摇篮曲，轻轻地，像是呓语一样，这首曲子是我这几年来不断哼唱的，我忘了我是什么时候学会的，但是每次我只要悲伤的时候，都会哼着它，让它陪我入眠。

小帅哥安心地把头窝在我怀里，沉沉地睡去。他脸上挂着孩子的纯真笑容，他本来就是一个孩子，还是一个特别需要别人给予关爱的小孩。

6 ≫

医院走廊的凳子上三三两两地坐着人，时不时有病人被推进来，人人脸上挂着严肃的表情。

多么熟悉的画面，一下子把我带到了一年半之前。

一年半之前的一个下雨天，我在这里送走了爸爸。

那天医生和护士奔跑急速，白炽光晃眼，月亮都变得孤独而寂寞。

爸爸的公司倒闭，他一时受不了打击酒后驾车，不想遇到车祸。

爸爸抖动着嘴唇，紧握我的手，最后什么话也没说就闭上了眼。我想哭，想拼命地哭，可是我所有的痛都哽噎在喉头，凝聚成了一股哀伤。

那天安可站在医院外面，牵着沈艺彤来和我道别，天空下着雨，天是青灰色的，那双牵着我长达一年之久的手，那双抚开我额前的发，把唇落在我额头上的手，那双从身后环抱住我说这辈子只想和我到老的手，正用力地牵住沈艺彤，十指紧扣。

我来不及和他说爸爸的死，我来不及倒在他的怀里告诉他我只有他了，我来不及对他说你别离开我，他就先和我告了别。

　　他说："苏苏，对不起，我到今天才发现，我爱的从来不是你。"

　　他说："苏苏，艺彤有了我的孩子，对不起。"

　　这比当初我在天台当着沈艺彤的面吻林安可更让人疯狂，可是我没有像沈艺彤那样冲上去打人，我对他们冷淡地说了一句："好的我知道了没别的事我要进去给我爸收尸了祝你们百年好合早生贵子。"

　　我没带一丝停顿地说完这句话，转身就朝医院里面跑去，我狠狠地咬住嘴唇告诉自己我不能哭。我的爸爸死了，我的奶奶有病，我妈妈眼睛刚刚动了手术，我没有权利让他们更悲伤。

　　妈妈还在给爸爸穿寿衣，奶奶还在剪喜鹊纸。我躺在医院后面的草坪上把眼睛闭起来，生活像一张沉重的网，一下子就把我罩住了，如同这倾盆的大雨，让人不能喘息。

　　那一刻，我想过死。我想如果我就这样死了，就再也不会痛苦、不会难过。

　　钱灿灿找到我的时候我全身僵硬地躺在雨中，她说："我再晚来一秒就要给你收尸了，是不是？"

　　我瞪大了眼睛看着天空，心被掏空了一样难受。

　　"灿灿，你说人死了，会上天堂吗？"我指指瓢泼大雨上灰蒙蒙的天。

　　"死？"钱灿灿用力地打我的胳膊，"薛流苏，你怎么能说死这个字？四年前你摔下山谷没死，你昏睡两年没死，你考试考倒数第一没死，你被沈艺彤指着鼻子骂、被全景大的人在背后指指戳戳也没死，你现在为一个离开你的林安可要去死！你对得起你死去的爸爸、疼你的妈妈、爱你的奶奶吗？"钱灿灿第一次这么用力地对我说话，声音震撼了我的心灵，她边哭边说，"小时候你说你要永远保护我，可是你现在这样，有姐姐的样子吗？"

平日里豪迈不羁、和男生一样的钱灿灿在我身边泣不成声。她哭了很久，哭到雨停了、天亮了，清晨的霞光一缕一缕照在我们湿透的发梢上。

我坐起来，抱着她的肩膀对她说："别哭了，以后，我们都别哭。"

大三一开始，我重新规划了我的人生。

我丢掉了所有和考古有关的书和资料，剪短了头发，通过了转系申请。我从考古专业转到和钱灿灿一样的工商管理。我从别墅区搬到了三坊九巷的平民区。

爸爸去世之后，家里巨额的欠款等着我偿还。我从一个工作转到另一个工作，酒促小姐到面包小姐、汉堡小姐……只要有兼职的地方，就能看到我的身影，我爱上了数钱，一拿到收入就很认真地数着，生怕少了一张，后来数钱变成了数楼，数楼变成了数数，最后这成了一种强迫症，只要我一想起林安可，就会开始数东西，见到什么数什么，自己也不受控制。

我留着短发，这样就省下了打扮的时间，我用斜斜的刘海遮住额头上的疤痕，整张脸看上去就越发的小了，我希望自己变得和尘埃一样不起眼，所有人都忘记了我曾经存在过。我内心有一个声音总在呐喊，不要回头，永远都不要回头，因为回头，看到身后只有来时那些斑驳的疼，会让自己更加苦涩。

我时常觉得现在的自己没有什么不好，赚钱是唯一目标，生活已经让我麻木，未来或许有些遥远，但是我一点也不害怕面对。

　　我把赚来的钱给妈妈，交学费，负担生活费，宿舍里早出晚归的一定是我，我习惯了在每天打完工后走夜路回宿舍，经常校门关了，我就翻墙，有一次正翻着的时候被楼管抓到，急得一跌，手臂、大腿都是血。钱灿灿给我上紫药水的时候问我："痛不痛？"

　　我龇牙咧嘴地告诉她："不痛，一点也不痛。"

　　平时总喜欢骂骂咧咧，一副小太妹模样的钱灿灿突然低下头，她抓着紫药水瓶子的手关节一点点地发白，眼泪滴到我的小腿上微微的凉。

　　那天晚上她和我一起睡，她的声音难得的忧伤，她说："苏苏姐，你已经不是以前的苏苏姐了。"

　　以前的薛流苏是什么样我不知道，我只知道和林安可在一起的薛流苏已经死了。那个苦恼、挣扎、以为全世界有了林安可哪怕要面对风霜刀剑都不害怕的薛流苏已经死了，现在的薛流苏，谁也不需要，她独立坚强，不畏困难，生活给了她黑暗，她却可以为自己创造光明。

　　7 »»

　　"谦谦，谦谦。"一个女人的声音把我从记忆的梦里摇醒了。我睁开眼，看到一张美丽动人的脸庞，微微开启的唇如桃花一样明丽，晶莹剔透的脸在昏暗的光线里散发出淡淡甜腻的气息。

　　有这么漂亮的女人他爸爸还要去找二妈？这世道真是让人寒心啊。

　　我对她笑笑："你是谦谦妈妈吧？他睡着了。"我想把小帅哥交还给她，可是小帅哥的手紧紧地抱着我，动一下，他就皱紧眉头表示不满。

"他怎么会在这里？全家都在找他。"美女责备地看着我。

我被她看得有点心虚。

"千沫，别吵醒谦谦。"远处有一个顾长的身影朝这个方向走来，医院走廊昏暗的光线下，他一身阿玛尼的西装服帖而有型，把他整个人衬托得大气而内敛。

听声音有点熟悉，等到人靠近的时候，我吓了一跳。

那张棱角分明的英俊脸庞，眉毛浓淡有致，鼻子高挺，眼睛深邃迷人，这不就是我这几天拼命研究突破口的西方经济学老师方少顷吗？

我想起我那个可怕的59分，立刻讨好地站起来叫一句："方老师，您好。"

但是由于坐太久，腿有点麻了，再加上手上还抱着小帅哥，站起来的时候突然重心不稳，整个人向后倒去。

方少顷很迅速地搂住我的腰，才让我站稳了脚跟，他一下子和我近距离接触，那张完美而冷酷的脸近在咫尺，让我差点不能呼吸。

"爸爸，你怎么才来？"小帅哥被弄醒了，抱怨地对他爸爸说道。

我确定一定以及肯定他们是父子，一样的脸，一样的鼻子，一样的眉宇，我开始就觉得小帅哥眼熟，现在一看，他们就是一个模子刻出来的。

再看站在旁边一头飘逸长发的漂亮女人，我断定她就是资料上方少顷的绯闻女友——电台主播许千沫，只是没想到他们暗度陈仓这么多年，连孩子都这么大了，这么耸动的内幕如果我拿出去卖，不知道能卖多少钱呢。

我巴结地奉上小帅哥，非常礼貌地说："方老师，儿子还您。"

许千沫很殷勤地笑着，要接过这个孩子。

没想到小帅哥把头一扭，手臂紧紧抱住我的脖子："谁要你抱啊，我要妈妈抱。"

小帅哥的"妈妈"两字一出，我就知道大事不妙，果然旁边的许千沫脸色刷的一下白了，像被人捅了一刀那么惨烈。我瞪他一眼，意思是自己人面前你装个毛线。

果然，许千沫先忍不住过来说："谦谦，你叫谁妈妈？"

他指指我理所当然地说："谁抱我谁就是我妈妈。"

许千沫脸上又露出被捅一刀的表情。

我觉得我很有必要教育一下这个不认自己妈妈的孩子，我拍拍他的后背，指着许千沫说："小东西，你还闹是不是？乱叫什么啊，你妈妈在那里。"

"她才不是。"小帅哥看也不看她一眼。

无情的一刀又来了。

我只好把目光转向方少顷，他由始至终都没有说话，只是淡淡地看着我们。

他没有解释，只是把眼睛眯起来，看了看小帅哥的额头，问我："怎么搞的？"

我本来想撒个谎说在路上遇到就已经这样了，我只是学雷锋做好事把他送到医院来。你快给我改了分数当做报答我救你孩子的恩情吧。

但是很奇怪，我一对上方少顷那双凌厉的眼睛，就好像面对一台测谎机，一点谎也不敢撒了。

我老实交代："从滑梯上摔下来撞的。"

"滑梯？你自己偷偷跑出去就是去玩滑梯？"他的声音有点严肃。

"我想妈妈了，爸爸说过妈妈最喜欢玩滑梯了。"他的眼眶泛红，很可怜的样子。

我看看一旁脸色有些不对的女主播，真没想到她的爱好居然是玩滑滑梯，也够幼稚的了。

"好啦，那现在你爸爸妈妈都在，你快和他们团聚吧，姐姐先走了啊。"我把小帅哥往方少顷那边放。

小帅哥就像个牛皮糖一样赖着我，死都不肯松手："妈妈你要去哪里？宝宝不要妈妈走。"他的小手臂就好像和我脖子连为了一体似的，公然地在他爸爸妈妈面前挑战我的底线。

我真的忍无可忍了，冲着许千沫说："许主播啊，你们家到底怎么搞的吗？你快点把你儿子抱走啦，我手都快酸死了。"我真不知道这一家人到底要把我搞成什么样才高兴。先是老子不让我及格，再是儿子不让我回家，还在他爹妈面前叫我妈。

许千沫的脸色更加难看了，脸一阵红一阵白。

"千沫不是谦谦的妈妈。"方少顷开口。

他每次都是不开口则已，一开口就让人无语。

我刚才烦躁的心顷刻之间平静下来，我望了望眼前这个演起戏来像影帝的小孩，脑海中浮现了一个问号，那这个孩子到底是谁的？富豪家族的秘密果然一波N折，我们这种平民百姓是无法猜透的。

我一时间也不知道接什么话好，只好转移了话题说："那回家吧。"我的原意是你回你家，我回我家，没想到小帅哥又想歪了，立刻欢天喜地地说："妈妈终于可以跟我们睡一起喽，爸爸你高兴吗？"

我尴尬地看了方少顷一眼，他也慵懒地眯起眼睛来看着我，丝毫没有表现出高兴的意思。

8 》》》

"千沫，你打车回去吧。今天麻烦你了。"在医院门口，方少顷对许千沫说。

美丽女主播的脸色不太好看，不过她一晚上已经被小帅哥无形中插了数刀，也不差这一刀了。

"那，好好照顾谦谦。下次我再给他补生日吧。"她还是柔顺地说道。

"谢谢。"方少顷回答得很客气。

许千沫看着方少顷，眼中带着依依不舍，最后把目光在我身上逗留片刻，然后转到小帅哥的脸上，微笑着说："谦谦，再见。千沫阿姨下次来看你好吗？"

小帅哥假装看着远处，就是不理她。

我看不下去了，拍拍他："快和人家说再见。"

"好吧，妈妈。"他故意吐血地又叫了一声，然后扬了扬手，随意地挥了挥，"阿姨再见。"

我知道，女主播今夜的心一定血流成河。

我看着她离去的背影，不知道是同情她还是可怜我自己，方少顷看着发呆的我说："愣着干吗？上车。"

这是他第二次叫我上车，两次态度都这么生硬，我瞪了他一眼，抱着小帅哥上了车。

"噢，坏女人走喽。"他开心地在车上叫喊，挣脱我的怀抱爬到后车座去了。

我现在已经弄明白了一点，就是小帅哥很不喜欢女主播，所以借我搭桥逼她退步，这么点大的小孩，居然就有这么聪明的计谋，长大了前途真是无可限量。

我伸了伸因为抱小帅哥而快要麻痹的手臂，笑着转头对方少顷说："方老师，我住宝庆街的三坊九巷。"

他又把车停了下来，上次的画面又扑面而来，他凑近我，我有点惊慌了，不知道他是不是要趁四下无人，为他儿子的头伤报仇。

"手很酸？"他突然温柔地抓住我的手臂，轻轻地用指尖温柔地给我按压。他的手指很温和，压在手臂上的力度刚刚好，轻柔又舒缓。

我惊吓住，看着这个英俊到冷漠，又让人深深着迷的脸孔，不知道做什么表情。

一会儿之后，他抬起头问我："好点了吗？"

我只能傻傻地点头。

身后的小帅哥已经躺在长长的座位上睡着了，他今天又哭又笑演了一整天的"戏"，看来是真的累了。

方少顷发动了车子，继续向前面开去。他的手微微地在方向盘上打着拍子，好像很舒适地享受这片刻的时光。

"为什么不来上课？"方少顷问。

"时间不够。"

"要打工吗？"他看着我身上还没换下来的K爷爷家的制服。

"是。"

"你很缺钱。"

"是。"

"所以你就翘课去打工？"

"是。"

在我回答完三个"是"的时候，我为我自己如此简洁感到骄傲。

"你是哪里人？"

"景州。"

"嗯……"他淡淡地应着，又像是随便地问着，不咸不淡，不紧不慢，目光悠长又像在思考什么，闹得我心里很紧张。

"谦谦今天很高兴。"他继续说。

"他高兴是我的荣幸。"我顺着他的话上，虽然我不明白他话里的意思。

"他从来没有和谁这么亲近。"

"和你也没有吗？"

"没有，他四岁的时候和一个白人小朋友打架，我回来之后狠狠地打了他，还让他和别人道歉，从那之后他就和我有距离了。"

"那你知道他为什么和别人打架吗？"

"后来我才知道，因为那个孩子说他没有妈妈。"

我沉默了，从以上内容可以判断许千沫果然不是小帅哥的正牌老妈，她就是小帅哥口中他爸爸找的二妈。

"那谦谦妈妈呢？"我终于没忍住问了一句。

一个急刹车，刺眼的光线从对面直直地打了过来，我伸出手遮住那道光，绿色斑驳的树叶似一顶巨大的皇冠，覆盖了我们眼前的路。

方少顷看着前方刺眼的灯光，没有一丝避闪，眼睛一眨不眨，黑色深邃的瞳孔中泛着一点点思索的忧愁。

我觉得我问了一个很不得体的问题。于是我咳嗽了两声，轻轻地说："方老师，您当我放屁好了。"说完我发现我说了一句更不得体的话，方少顷更沉默了。

　　我也只好乖乖缄默，表现得很是懊恼。

　　在一片树叶落下来的一瞬间，方少顷转过头来，深邃的眼睛里有一点点的疼。

　　"她死了。"他薄而性感的嘴唇，缓缓地吐出了三个字。

逝水流年的青春之痛，
抵死纠缠的回忆之殇。

第三章>>>
一切重新洗牌

1 »»

窗明几净的房间里，是意大利复古陈设，木雕茶桌上，袅袅地冒着淡淡的茶水烟雾。窗台上鹅黄色的瓷白长颈陶瓷瓶子里插着一大束满天星，凌乱地缠成一个结，似乎和整个房间的富贵搭配不协调。

方少顷拿着喷水器给满天星洒水。

"零零零……"桌子上的电话低低地响起。

他不紧不慢地走回桌子前，拿起听筒："喂。"

"方先生，你让我查的资料我已经用e_mail发到你邮箱了。"

"好的，钱我会让我的助理打到你账户。"

方少顷点开邮箱，电脑屏幕上是那张突然出现在他生命中的脸，笑的时候藏着许多脆弱和敏感，在望向你的时候，又让你觉得熟悉和挂念。

连他自己也不知道为什么要找私家侦探调查她，她的出现，似乎牵动了他的某一根神经。

她真的很像一个人。那个常说自己如同满天星一般不起眼的女孩，她浸润在天空下孤独却又要假装坚强的笑容，真纯而又小心翼翼地仰望，是他这些年，不断印入脑海的画面。

两张不一样的脸孔，却有着几乎一模一样的目光。

有种不可思议的力量让方少顷想靠近她。

资料下方有两行字，吸引了方少顷的注意：

——五年前意外失足，昏迷两年……

五年前……他靠回椅背，轻轻地闭着眼睛。室内混着淡淡的茶香，他的手指轻轻地在扶手上敲打：一切似乎都要重新开始。

他有预感这将是一个有趣的开始。

2 »»

热热闹闹的新年在全国人民的期待之下来临了。

钱灿灿看到我把这句话挂到QQ签名上的第一时间就过来讽刺我："你又受什么刺激了？"

我矢口否认："没有，我响应祖国新年新气象。"

钱灿灿发了一个翻白眼的企鹅过来："少骗人了，你每次内心一纠结，就会用脑残的签名。"

钱灿灿太了解我了，在方少顷告诉我小帅哥的妈妈死了之后，我自认为知道了太多他的内幕，这分数他绝对是不可能给我改的了。现在景大是他们家说了算，我把握他这么多线报，要么他就封杀我，要么他就贿赂我，但是据我分析，他贿赂我的可能性非常小，所以我断定他会封杀我。

我默默地把签名改成网络流行语：人生就是一场杯具。

新年接的最后一个活动，是给车展做车模，新年接活动的钱是平日里的三倍，虽然必须冒着寒风，冒着被看光的忧伤，我还是毅然而然地去了。

车展的会场在市中心很豪华的海天展览园，我没想到在这里居然再次遇到方少顷。

他从车上下来的时候，我正看着那个挺拔又有型的背影感叹有钱人也有这么帅的，等他转过头来的一瞬间，那张我已经见过三次的英俊脸孔直直地面向我，我再度为我的分数而愤怒，无数个59分在我的脑袋里盘旋。但是我一想还有半年要在他家族的势力下生活，就很狗腿地过去，尊师重道地喊了一声："方老师好。"

他冲我点点头说："你是来……"

"车模。"我接话。

他打量了我一下，眼神透出了百分百的质疑，我充分地感受到他眼里的不可置信以及对我美貌的否定，我对他说："你别小看我。"

他环抱着手，微微一笑："我什么都没说。"

他是什么都没说，但是他的目光比说了什么更让人难以接受。

我换上主办方给我的香槟色礼服，还是最能展现大腿和雄伟胸部的那套，好胜心让我告诉自己，我不能输，绝对不能输。

车模的工作自然就是周旋在众车之中达到香车美人的效果，愉悦了大众也让大家心情舒畅，自然就有人开价买车。

我除了认识奔驰、宝马、QQ之类两极化品牌，对于别的车一概无认知。

不畏严寒和几位车模一起在车子旁边搔首弄姿的时候，我告诉自己，这是你的工作，你必须好好做完。

主持人开始对车一一介绍，富商们欣赏车的同时，也会将目光时不时地瞟向车模的身上，此刻我非常后悔刚才为什么要一时之气要穿一件这样低胸的衣服，方少顷并没有表现出什么特别的目光，还异于常人地皱紧了眉头。

在人群之中，我竟然看到安可的脸，那一张出现在梦里让我泪湿枕头的脸，他身旁的沈艺彤小鸟依人地靠着他，他瞳孔里有孔雀蓝的忧郁，沈艺彤和他低语着什么。

"她身边那辆车，我要了。"沈艺彤指指我，又指指车，轻描淡写地说。

负责人非常高兴地点点头。

她又紧接着说："主要你们车模找得好，长得这么丑，身材这么差，这样车就显得好看了几分呢。"说完还捂住嘴笑了笑。

所有人都看着我，如果我是大力水手，我会立刻把车搬起来砸到她的脑袋上，可惜我只是一个手无缚鸡之力还欠了一屁股外债的普通大学生，我为了多三倍的钱穿得像酒家女一样站在这里卖笑。那么多吃豆腐的眼光我都受得了，我怎么能被沈艺彤这一点点的嘲笑所打垮。

安可拉拉沈艺彤说："车看好了就走吧。"

沈艺彤甩开安可的手说："你急什么急啊？难得流苏姐穿得这么暴露，不多看两眼都对不起买的这辆车。"

周围的人似乎也感觉出来现场气氛不对，我觉得我不能坐以待毙下去，我不紧不慢地走上前说："为了答谢你的慷慨，我今天就让你一次看个够。"说完我撩了一下头上的假长发，嗲声嗲气地说，"我就是怕看得久了，你男朋友又爱上我这个没身材、没长相的车模就不好了。"

"薛流苏，你不要脸。"沈艺彤如狼似虎朝人扑过来的招数又再度使出，我真是不能理解，这个女人在经历被人挖墙脚又打胎的事情之后，怎么还学不会淡定？

难道真像钱灿灿所说的"人之初，性本贱"吗？

沈艺彤还没有扑过来，方少顷就过来扼住了她的手腕，他低沉的声音提醒她："这里是公共场所，希望你懂得自重。"

我躲在方少顷的背后，冲她扬扬眉。她一甩手，拉着安可说："我们走。"

我在后面喊："车还要不要啦？我明天让经理给你送府上

去哟。"

闹剧散场，我下去换衣服，出来的时候看到方少顷站在门口，在手中旋转一支金色的钢笔，他的手指出奇的修长完美，握住钢笔的手都有一个流畅的姿势，钢笔就像和他的手融为一体，转了好久，都丝毫没有掉落的意思。

我看了看自己因为生冻疮红得和萝卜一样的手指，感觉它已经不能算是肢体了，它可以拿到菜馆让师傅们雕花用。

他看到我出来，把钢笔放回西装上衣的口袋，这个动作有点二十世纪七十年代的味道，他却给人一种流畅的感觉，帅哥的力量真是不可思议。

"方老师，你还没走？"

"我在等你。"他看着我。

"哦。"我居然没问他为什么等我。

他的目光落在我手上，可能是我的萝卜手震撼了他，他问："总是这样吗？"

我点头："每年一到冬天就这样，无论用什么都没用。"

"你饿不饿？"他突然问我。

我摸着已经扁下去的小腹，逞强地说："不饿。"

"我带你去吃东西吧，好吗？"他很真诚地看着我，深邃的目光柔情似水。

我不忍心拒绝地说了一个字："好……"

他微微笑着，拉过我的手，像是很自然地，就把我的手放在他的手里，我有片刻恍惚，似乎是一个很自然的动作，他拉着我，我就会跟他走。

等到上车的时候，他才松开我的手，我有点结巴地问：
"为什么……为什么……拉我的手？"

"习惯。"他目视前方。

第一次拉手也能说习惯？那他这个习惯非常不好，如果不
是我有自知之明，我还以为他对我有意思呢。

车子停在一间连锁的"金师傅"馄饨店前，走进店里的时
候，周围所有女性的目光都聚拢到他的身上：一个如此华丽的
男人，不像是会来馄饨店的。

"给我一份全家福，中份十五个的。"

收银小姐看着他两眼放光。

我睁大眼睛看着他："你怎么知道我爱吃全家福口味
的？"

"你告诉我的啊。"他揉揉我的头。

诡异，太诡异了，我什么时候告诉过他我爱吃全家福的馄
饨了？还有，他揉我头发干吗？难道为了分散头皮屑？

我们找了一个靠窗的位置，临近新年的夜晚街上张灯结
彩，我看着方少顷，心里有一种异样的感觉，他的温柔、他的
亲切，都让我觉得有些奇怪的……甜蜜。

馄饨上来的时候，他拿筷子帮我把里面的香菜挑出来。这
是我吃东西的怪癖，我喜欢香菜的味道，可是不喜欢吃香菜，
以前安可总说我挑食，逼我吃香菜，久而久之，我已经习惯了
香菜在我口中的味道，他却再也不会陪在我身边了。

"你又叹气了。"方少顷说。

"只是想起了一些事。"

这碗馄饨之所以叫全家福，因为它融合了馄饨店所有口味
的馄饨在里面，一共十五种。

"刚才，谢谢你。"我对方少顷说道。

"我什么也没做。"他很认真地在挑香菜，头也没抬，"倒是你，我原本以为你会恼羞成怒。"他把挑好香菜的馄饨推到我面前。

"面对刀剑的时候，愤怒只会让自己显得狼狈愚蠢，何不迎面而上，就算死，也没那么难看。"

"你长大了。"不知什么时候方少顷已经坐到我的旁边，深邃的瞳孔微微地看着我，复杂又迷离。

不能看不能看，再看我怕我会做出不轨的事，我立刻转头，去吃碗里的馄饨，岔开话题说："是板栗的哦。我最喜欢板栗的了。"

吃到第七个的时候，我摸了摸自己很鼓的肚子，有些不好意思地看着方少顷。

"方老师，我吃不下了。"我的意思是，我们走吧。

"我知道了。"他把碗拿过去，在我还没明白他要做什么的时候，开始很认真地吃我剩下的馄饨。

我傻眼："那个……你要不要再叫一碗？"

"不用，我够吃。"

我有些无助地抓着桌子上的醋瓶不知道说什么好。

"方老师，这不是够不够吃的问题，这是卫不卫生的问题。"

他抬起头，嘴巴还咬着半个馄饨，俊逸的脸、高挺的鼻在明亮的灯光下直直地对着我，真是太诱人了，他如果早出现几年，我绝对立刻将他扑倒。

"我又不嫌你脏。"他低头继续吃。

我看得发了傻，在大腿上狠狠掐了自己一把，又犯什么花痴，人家大你六岁，还是你的老师，还是一个孩子的爹，你怎么可以有把他扑倒的冲动。

出了门口，我很弱智地问了一句："方老师，你对谁都这么……随意吗？"

他扭过头来看我一眼，轻轻地拍了拍我的头："没有，只是对你。"他这种亲昵的动作像是在哄一个小孩子。

4 >>>

他把我送到巷子口，临别前他说："元宵节谦谦他们学校有一个亲子活动，你有没有空来一下？"

"为什么是我？"我有点奇怪，"你可以找许主播啊。"

方少顷深深地看我一眼，声音突然低沉下来："谦谦不喜欢千沫。"他靠在车门上，拿出一支烟来，点上，却没有抽，目光沉沉的。

"小孩子嘛，给两块糖谁都是爹娘。"据我对小孩子的了解就是这样。

"谦谦和别的小孩子不一样。"他把烟拿起来，"你或许不相信，他长这么大，你是他第一个主动亲近的人。"

他吸一口烟："我总觉得我是一个失败的父亲，我给予不了他想要的，我也不知道他想要什么。"

方少顷的神情那么寥落，完美的侧脸沉浸着微微的落寞，和我第一次看到小帅哥的时候一样，那么寂寞的一张脸埋在一片暗淡的光线下面，有一种与世隔离的孤独。

"他的内心，比一般小孩子要敏感得多。所以他用一个壳把自己深深地藏起来。我希望他快乐，但他总是不快乐。"

他转过头来，凝视我："苏苏，我希望你能帮助我，好吗？"

　　这是一个爸爸对自己小孩爱的剖白，感人，绝对的感人，和演电视剧一模一样。按正常的套路，这时候我应该毫不犹豫地答应他，但是……

　　"那……你能不能答应我一个条件？"我开口了。

　　"请讲。"

　　"你把我59分改一下。"我终于提出了这个闷在我心里很久的要求。

　　他先是愣了一下，然后微笑着弹了弹手上的烟灰，走过来，一股淡淡的烟草味道在我的鼻腔内蔓延。

　　"你这么聪明，怕什么补考？"他好笑地看着我。

　　"我没钱又怕留级。你可能不知道，我大一的时候留过级，留级就是我的噩梦。"

　　"如果我答应你了，算不算徇私舞弊？"

　　"不要说得那么严重嘛，就当我们等价交换。"

　　"那我更愿意你当这个亲子活动是平时接的一个case。"他直接采用金钱政策。

　　"方老师，我怎么好意思收您的钱呢？"我很客气地说。

　　"一千块。"他伸出一根手指。

　　"这样不太好吧？"忍住忍住，富贵不能淫。

　　"两千。"

　　"我这人很有原则的。"握拳，继续忍住。

　　"三千。"

　　"我要看看我的行程表。"动摇了。

　　"五千。"

　　"成交。"投降了。

他愣了一下，随即笑起来："你刚才不是说你很有原则吗？"

"规则是人定的，也是人破坏的嘛。"我讪讪地笑着。

"那你的原则还挺特别。"

"名人教导我们，千万不要和钱过不去。"我拍拍他的肩膀。

"哪个名人？"

"远在天边，近在眼前。"我指指我自己。

他笑了，我承认他每次大笑的时候，都弥漫着一种阳光灿烂的温暖，我能想象他年轻的时候肯定也是一个阳光白衣美少年。

他丢了烟蒂，俯下身来看着我，深邃的五官，琥珀色的瞳孔凝聚成迷人的光泽，他拨开我额前的刘海，指尖的温度一点点地温暖我的全身。

"以后车展这种case就别接了。"方少顷离别前说的最后一句话，当我反应过来他又没有正面回答我的问题的时候，他已经和他的奔驰消失在我的视野中。

我突然想起钱灿灿在第一次和我介绍方少顷的时候说的话："出过国的果然不一样。"

我突然认同了钱灿灿的话，能把人民币花得和日币一样洒脱，能把问题毫不费力地蒙混过去，果然很不一样。

5 >>>

这个年是我读大学以来过得第四个年了。

妈妈做了很多好吃的东西，香酥炸鱼、凉拌海蜇皮、水晶虾仁、茄子鸡公煲、冬笋雪菜、家常豆腐、小鸡炖蘑菇、烟熏

蓝色伤痕文学系列 07⑤

兔子肉……零零散散十几样摆得满桌都是。

大一的寒假，钱灿灿、安可和沈艺彤到我们家来拜年，那时候我还没有搬家，住在"世纪豪园"的别墅里，我们平时基本上用对讲机联络，一按对讲机，他们就集体出现在我家，妈妈会包一个红包给他们，然后我们四个人就围着桌子吃饭、喝酒、猜拳，最后还要打四人麻将。

由于钱灿灿说情侣绝对不能做上下家，于是就让安可坐我上家，结果安可频频给我喂牌，我和到嘴都快笑歪了，沈艺彤撒娇地在对面说："安可，你讨厌，都不给人家放一个牌和一下。"

安可就哄她："你最乖啦，苏苏姐是长辈，我们都要让着她嘛。"

顿时我拿着麻将朝安可的方向胡乱丢去以发泄我心头之恨。

我一直觉得我和沈艺彤的相处很神奇，她能容忍安可一直在我们身边转，她也能接受和我们在一起的无聊，真的不能说她是一个一无是处的人，至少，在起初的容忍这点上，她做得比谁都好。

安可和沈艺彤是在大二初的时候分手的。后来过年，沈艺彤就再也没有出现在我家了，我就是遇到她，也觉得有点尴尬，钱灿灿一直对沈艺彤都没存太大好感，我们爆发这种感情冲突的时候，钱灿灿还拍手对我说："苏苏姐，挖得好，是你的，谁也抢不走。"

大二那年的冬天，景州的大雪一直没停，安可在我家楼下堆了个雪人，我把自己的围巾给雪人围上，安可说："这个围巾不好看，太素了。"我鄙视他不懂欣赏。他神秘兮兮地从兜里摸出一个用红萝卜雕刻的桃心，挂到围巾上说："苏苏，这是我的一颗心，以后就和你连在一起了。"后来我冻得和雪人一样面色惨白又不得不热泪盈眶的时候，安可又用一个吻控制了我的呼吸，让我永远记住了他温暖的嘴和红萝卜清新的香气。吻完之后他把他温暖的手放在我的耳朵上，他说："苏苏，让我这样爱你吧，永远爱你。"

安可，我记忆里那个永远最华丽的梦，他给予了我人生中最美好的甜言蜜语、最灿烂的海枯石烂、最辉煌的爱情史诗。可是到头来，所有的甜蜜，都变成了最尖锐的刀刃。一刀下去，就让你曾经柔软的心，痛到彻骨。

后来我才知道，钱灿灿说的那句话，还有下一句，那就是：不是你的，你抢来，也没有用。

我坐在门口，拿着奶奶的剪纸，认真地剪一个喜字，妈妈走到我身边，拍拍我的肩膀说："这么快，都第四年了。"

时间如白驹过隙一般，我以前看过一句话，时间是不知不觉，我们是后知后觉。我读大一的时候，面对所有人的排挤，面对成绩倒数的恐惧，面对流言飞语的轰炸，觉得每一秒都那么难挨，可是转眼我就大四了，这三年半我熬过了成绩差的时光，熬过了面对安可的挣扎，熬过了沈艺彤的仇恨，熬过了爸爸的去世，熬过了安可的离开。我坦然面对家徒四壁的环境，连我自己都觉得不可思议。

时间快吗？一点都不，它只是在你来不及思考的时候，就强迫你和岁月作了仓促的告别。

6 》》》

钱灿灿拎着一只金华火腿出现的时候，我差点没认出她来。她头发拉长，微微染了一点点枣红，妆容清淡而甜美，穿一件米白色毛线衫，套一件小西装外套，下身是毛裤加雪地靴，轻轻地迈着步，又矫情又大家闺秀。

"你吃错药了啊？"我推推她的头，"玉米头呢？你最爱的玉米头呢？"

"干吗啦？"她摸摸头，"人家转型不行啊？"

"我知道了。"我用力拍拍她的肩膀。

"知道什么？"她有些小紧张地看着我。

"你神经病！"我站在那里大笑。

钱灿灿无语地看着我，看我一个人在那里发疯。

"不就是59分吗？至于让你不正常一整个冬天吗？"钱灿灿一语道破我心头之痛。

大学四年，除了大一考过倒数第一，我后来的考试哪一次没有及格？就算英文六级，我都压线通过，现在居然在大四晚节不保，不过算了，五千块也够我顶很长一阵子了。

"算了，姐姐想开了，不就是补考吗？这有何难？"

钱灿灿把金华火腿递给我："我妈让我带给你吃的。"

"对了。"她指指不远处，"我刚才进来的时候看到巷子口有一个好大好大的雪人，雪人上还有一个胡萝卜雕的桃心，可逗趣了。"

是安可。

我拎着金华火腿就往巷子口跑去，我有预感，安可来了，他一定来了。

我站在巷子口左右来回看，可是一个人都没有，除了纷纷扬扬的雪，什么都没有看到。

我坐在那个雪人旁边，看着那个堆砌得憨态可掬的雪人，它的眼睛是闭着的，显得那么哀伤，它的脖子上挂着我大三那年的素色围巾，围巾上有一个干掉的红萝卜桃心，那是已经被做成标本的红萝卜，它没有一点水分，有的只是标本的模型。我记得大三那个红萝卜桃心，安可后来连同围巾一起拿走了，我问过几次它们的下落，他都不告诉我，我没有料到，半年之后我和安可分手，我永远失去了它们。

我拿下雪人戴着的那条围巾，戴在自己的脖子上，慢慢地抚摸那个我只见过却没碰到过的红萝卜。

突然我看到它的背面，有一些歪歪扭扭的痕迹，我凑近了，凑近了，想看清楚。围巾上的雪水顺着脖颈滑落到身体里，我坐在地上，看着红萝卜上刻着的那几个字，眼泪大滴大滴地掉下来。

那上面写着：安可爱苏苏。

时光好像从未离去，可是我爱的人，却像是离开了很久。在物是人非的世界，爱将我们拖回，最终剩下两两相望的悲伤。

7 »»

元宵节那天，方少顷来接我，我本来想让他到巷子口去等我，但是我打开手机之后悲哀地发现我没有他的号码，只好作罢。

当他的奔驰呼啸而来的时候，人们的目光都被这辆车的彪悍所震慑了，包括刚刚从隔壁串完门回家的奶奶。

我背着包正准备出门，奶奶火速地冲回来拽住我说："不得了，不得了，现在QQ车都开这么快。"

我远远地望过去，看着奶奶口中那辆不得了的QQ，脑袋上黑了三条线，这明明是方少顷的进口奔驰，奶奶竟然能认成QQ。

"停住了，停住了，苏苏妈啊，苏苏妈，QQ车停在我们家门口啦。"奶奶冲着在打扫屋子的妈妈喊道。

方少顷带着小帅哥走到我面前："什么QQ车？"

我不想伤了他的自尊心："我奶奶说她喜欢QQ车。"

"是吗？"他沉思了一下，"那下次我开QQ来接你吧。"

"不用了不用了，下次你就不用来接我了，有什么活动我自己打车去，你给我报销车费就行。"我笑嘻嘻地说。

"姐姐，我要喝水！"小帅哥洪亮的声音响起。

"又要喝水，上次也是喝水，这次又是喝水，你们家菜到底有多咸？"

妈妈在里面喊："苏苏，谁啊？"

"我们老师，来接我去参加一个活动。"

"你们老师，怎么不请进来坐一下？"

"有什么好坐的……"我和他又不熟。

"阿姨，我和苏苏那么熟，就不用客气了。"方少顷打断我后半句话。

谁和他熟了？我总共只见过他五次都不到。

妈妈端着水出来："苏苏你真是的，老师要来也不提前说一声。"

"我又不知道他要来，谁让我没他电话号码啊……"我小声地应道，蹲着给小帅哥喂水。

"是我冒昧了，今天是来请苏苏帮我一个忙，下次我会另择日子登门拜访您的。"方少顷谦和有礼地对妈妈说道。

"苏苏，这是不是你男朋友啊？"奶奶又像是想起了什么，眼睛一放光，"我就说今年他怎么没来拜年了，原来是晚来了。"奶奶一激动起来谁也拦不住，"怎么一年没见他好像变老了……以前看上去很青春活泼的一帅小伙啊。"

我知道奶奶把方少顷当做林安可了，我给妈妈使了个眼色，妈妈挽过奶奶："妈，我们进去了，苏苏还有事呢。"

"对对，不能打扰他们小两口。"说完奶奶还特会意地冲我笑了笑。

我毛骨悚然地立刻拜别了奶奶和妈妈，迅速地朝车子走去。

"方老师，你以后别来我家了。"上车之后我对方少顷说。

"你奶奶……"

"老年痴呆。谁也不认识了，想一出是一出的，你也看到了。"

"她把我认成了别人。"

我点头。

"你以前的男朋友？"

我沉默了一下，小帅哥从车子后座搂住我的脖子："姐姐，你快说不是，要不然爸爸会吃醋的。"

吃醋？我转头看了看面色有点异样的方少顷，咳嗽两声，用手往后敲小帅哥的头："喝了水就坐好，要不然等会儿尿频。"

"羞羞皮，姐姐你羞羞皮。"他死皮赖脸地笑着。

方少顷打开车子前面的抽屉，递过来一只冻疮膏："谦谦，帮苏苏姐姐涂一涂。"

"爸爸，你对姐姐那么好，我要吃醋啦！"小帅哥蹿到前面来，坐到我怀里，打开冻疮膏挤了一点儿出来，像模像样地给我抹上。

我感觉挺不好意思，只好转移话题："对了，这次我去谦谦学校要做什么？"

"会不会唱《小星星》？"方少顷反问我。

"《小星星》算什么，《小星星变奏曲》我都会！"我很豪迈地回答，"等等，唱这个干吗？"

"谦谦他们学校今天开晚会，每个家庭都要表演一个节目，第一名的会奖励一套奥特曼限量版文具。"

奥特曼？我转头看着后排的小帅哥，为他如此不成熟的喜好感到惊讶。

他蹿到前面，一屁股坐在我的怀里，搂着我的脖子极力要撇清什么似的说："我一点儿也不喜欢奥特曼哦，特幼稚，真的。"

我好笑地捏捏他的脸："那你喜欢什么呢？"

他凑到我耳朵旁边，小声地说："我喜欢喜羊羊！"

"哎呀，好巧啊，我喜欢灰太狼。"我乐得哈哈大笑。

小帅哥看着我："哼，幼稚。"说完依然把手挂在我的脖子上，像是想到什么，又眨着天真的眼睛问："那你小时候喜欢什么动画片？"

他一问还真难住我了，我对小时候的爱好一点记忆都没有，动画片是没看，如果硬要说的话，就是跟着钱灿灿看了一百多集的《火影忍者》的漫画，不过后来无意之间在漫画店看到《乱马》（注：早乙女乱马是一名修习武学的日本少年，来到中国青海咒泉乡修行，不慎落入"娘溺泉"，因而遇到冷水就会变成女孩，遇到热水又会恢复成男孩。而他的父亲、朋友等也因为曾经掉到不同的泉水里会变身为熊猫、小黑猪、猫、鸭等）的时候，我就爱上了它们家族遇到冷热水有不同反应的表现，我从来没有告诉过别人，我怕他们又要鄙视我。

"姐姐喜欢《乱马》。"方少顷回答。

我和小帅哥的目光齐刷刷地朝着他。

"乱马是谁？"小帅哥先发问。

"就是一个遇到冷水变女生、遇到热水变男生的人。"

"这么有性格！"小帅哥尖叫着站起来，"为什么我遇到冷水和热水都是男生呢？"

"因为那只是漫画，是假的。"方少顷伸过手，捏捏小帅哥的脸。

我擦了一把汗，被人戳中小秘密让我感到手足无措，这个男人太恐怖了，他以前在美国是情报局的吧？

"等会谦谦会弹钢琴，第一遍你唱中文版，第二遍我唱英文版，第三遍我们一起唱中文版。"方少顷提醒我。

我还在云里雾里徘徊："这么简单？"五千块，你来得也太容易了吧。

车子停在一所贵族幼儿园前，下车前，方少顷从口袋里拿出一只盒子，打开之后，我看到了传说中的钻戒，虽然只是一个圈的中间镶嵌了一颗钻石，但是在黑夜里它依然闪闪发光，直逼我这个穷人的眼球，让我恨不得扑上去夺了就走。

方少顷拿出一枚小的，拉过我的手，缓缓地给我套上，温柔地说："苏苏，你今天的职位是方思谦的妈妈、我的妻子，记住了吗？"他戴上之后，很满意地说："正好合适，很称你。"

我一下子傻住了，我曾经幻想过被安可求婚的画面，他在千人面前，单膝跪地，大声地对我说："苏苏，嫁给我吧。"那是多么气震山河的场景。

我从来没想过戴上戒指的画面居然发生在一个逼仄的车厢里面，一个还不是我男朋友的某人，就这么随意地给我戴上了戒指。

人生，它就是一场杯具。

再看方少顷那边，他戴上了另一枚男款的戒指，他抬了抬眉毛，冲我微微一笑，幽幽的灯光下，这一切有不真实的感觉。

一项异于以往的工作，正悄悄地进行。

8 >>>

贵族学校的环境真不是一般的奢华，各种卡通人物雕塑围满了整个操场，玻璃是透明的，贴着生动的小动物贴画，门口做成很有格调的栅栏形，带出一种飘逸的童趣。

小孩子都陆陆续续由家长牵着来到晚会的场地，晚会是露天的，草坪上有老师早摆好的各种摆设和玩具，包括小孩子喜欢玩的儿童设施，璀璨的灯光弥漫整个园区。

"方先生，你来了。"一个娉婷甜美的女生走过来，不能称她为女人，因为她看上去真的很嫩，苹果脸，脸上的酒窝微微地凹进去，带着亲和力的笑容，真让人想好好呵护。

"徐老师，你好。"方少顷的表情冷淡，女老师殷勤的目光对上方少顷的冷漠，多了几份萧索。可叹，落花有意流水无情啊！

"这位是？"女老师的目光扫过我。

"我太太。"他搂着我的腰。

女老师眼底的萧索变成了绝望："谦谦不是没有妈妈吗？"女老师脱口而出，又觉得唐突了，"抱歉，我也是上次无意间听到的。"

"你听错了。"方少顷冷冷地回答。

我真想安慰一下这个女老师，告诉她我只是个临时演员，你要泡方少顷就赶快吧，千万不要被我耽误了。

"徐老师，你可以无视我，真的，幸福要靠自己争取，所谓有志者事竟成，我支持你哟。"我没皮没脸地说了一句。

女老师诧异地看着我，方少顷默默地瞪着我："我太太喜欢开玩笑，您别在意。"

"我还有事，先忙了。"女老师误认为我在讽刺她，黯然地走开了。

草坪的另一头，谦谦正在和一个小孩进行如下对话：

"我这次肯定拿第一，我要约甜甜去郊游。"

"我才是第一，甜甜才不会跟你去郊游。"

"你没有妈妈，你是野孩子。"

"你有妈妈，但你是私生子！"

……

我一走近，就听到这么火暴的对话，起初他们是为了争一个女生，后来就变成讨论野孩子和私生子的问题，小帅哥把对方气得暴跳如雷，自己还气定神闲地靠在单杆上嚼着大大泡泡糖，那种自然而然的冷静和他爸爸如出一辙。

小帅哥看到我，冲我跑过来，边跑边特别童真地喊我："妈妈，妈妈。"

我心想你故意的样子也太明显了点吧？当然我收了他老爸那么多钱，必须好好配合他，我一把抱起他："儿子，妈妈亲一个。"然后重重地在他脸上亲了一口。

小帅哥很得意地看了看站在草地上气得跳脚的小男孩说："怎么样啊,大炮?"

"哼。"那个名唤"大炮"的小孩跺脚走开了。

小帅哥一阵欢呼,欢呼完了对我和方少顷说:"等会儿我们一定要拿第一名哦!拿不到我就不和你们玩了哦。"

我看了方少顷一眼,他这个儿子怎么时而幼稚、时而成熟呢?谁要和他玩啊?

"甜甜是谁?"方少顷问,表情特别严肃。

"特别可爱、特别漂亮、特别甜美、特别……"小帅哥看到方少顷渐渐暗淡的脸把头往我怀里一缩,小声地说,"特别好看。"

"你不是告诉我说你喜欢那套奥特曼的文具吗?现在甜甜是怎么回事?"方少顷的声音骤然阴暗下来。

"妈妈,爸爸好可怕,好可怕。"他拼命地往我怀里窝,不敢看方少顷。

"别凶了嘛,现在小孩子都早熟。我儿子不就喜欢个女生为什么不行啊?"

"你就护着他吧。"他面带怒气地看我一眼,再对着小帅哥说,"你自己给我好好反省一下。"

9 >>>

晚会正式开始,没想到刚才过来表示爱慕之情的徐老师是主持人,她似乎丝毫没有被刚才黯然的心情所影响,还是积极地和小朋友互动。

我一直想看清楚小帅哥所说的那个甜甜是谁,但是无奈晚会开场的时候灯光很昏暗，除了舞台上，其他地方都看不清楚。

等老师报到第十号郭甜家庭的时候，我才看到两个人带着一个穿着苏格兰裙子的小姑娘朝这里跑过来。

"对不起，对不起老师，我们来晚了。"道歉的是一个女的，听声音有点耳熟，灯光照过去的时候，我看到一张和安可有些相似的脸出现在舞台中间。

——那是安可的姐姐林安宁。

安可在一旁静静地拉着穿着苏格兰裙子的小姑娘站着。

我一下子蒙了，这个小姑娘是安可的外甥女，以前见过一两次，只听安可叫她甜甜，从来不知道就是这个甜甜。

小帅哥推着我说："妈妈，她就是甜甜，她就是甜甜。"

"我们今天给大家表演一段舞蹈。"安可的姐姐说。音乐起，他们的舞姿很动人，可是我却有种想遁逃的冲动。

我拽一拽方少顷的衣角："那个，我肚子不舒服。"

他看到了台上的林安可，明白了这只是我推脱的说辞，他握住我的手说："等表演完了再不舒服。"

"我现在就很不舒服。"我想挣脱他的手，但是他就紧紧地握住我的手，一点也不松开。

音乐停止了，女老师开始报幕："下面由方思谦家庭表演《小星星》。大家鼓掌。"

"走吧。"方少顷拉起我。

"谦谦加油噢！"甜甜特意过来给他打气，突然她看到我有点吃惊："苏苏姐姐，你怎么也来了？"安可的脸上闪过异样的神情。

"我妈妈来陪我表演的。"小帅哥清脆地回答。

我不敢看安可的眼睛，我只能绝望地走上台去。

事已至此，解释也是多余的了，现在只有硬着头皮演完这场戏。

人生有多少种无奈，带着现任"老公"和"儿子"偶遇前男友，也是其中一种吧。

小帅哥今天穿一身军绿色的皮衣、灯芯绒裤子，模样还是那么帅气，方少顷西装革履，英气逼人，让在场许多妈妈看红了眼，只有我清汤挂面，连粉也没擦。谁能相信我是他"老婆"？这一看就是一场闹剧。

小帅哥开始弹《小星星》，安可的眼睛那么晶灿灿地望着我，如同在演唱会的门口，抱着一大把的荧光棒，我突然很想哭，开口第一句就唱错了。

方少顷靠近我，紧紧地握住我的手，我听到两枚戒指碰撞的声音，我也看到安可黯然的目光。

这个表演真是烂透了，下场的时候甜甜和她妈妈走过来，她妈妈以前也见过我，但是她一直都不太喜欢我。

"流苏，你什么时候结的婚？"她问我。

"我……我……我……"我不知道怎么回答。

"还好安可和你分手了，要不然还不知道要被你骗到什么时候。"

我低下头，不敢面对她。

"真看不出来，你也挺厉害的，偷偷生了这么大的儿子，神不知鬼不觉的，还好意思和我们家安可谈恋爱。"

她看我没回答，得寸进尺地说："你也会不好意思啊？平时不是挺牙尖嘴利的吗？怎么不介绍介绍你老公？"

我一句话都说不出来，钱是我自己要赚的，我不可能现在拆穿自己的西洋镜。我看到周围有些人好奇地探过头来，包括刚才和小帅哥吵架的大炮。

我知道我如果再不说点什么，这个谎言很快就会被戳穿了。

我用力地抬起头，牵住小帅哥的手，目光沉着地看着她："我不回答你，是因为我尊重你是长辈，我生儿子都没觉得不好意思了，谈恋爱又有什么不好意思的？专家都说了，生儿子要趁早，否则高龄产妇很危险的。"我拉住小帅哥退回方少顷身边，"现在郑重给你介绍下我的老公，我孩子的爹，方少顷先生。"

光影下，方少顷的脸渐渐地凸显出来，那是一张任谁看了都会惊叹的帅哥脸庞，一点都不比安可的五官逊色。

安可的姐姐也有点错愕，方少顷微笑着牵住小帅哥的另一只手，微笑中带着不易察觉的寒冷，略微点了点头说："幸会。"

安可的姐姐似乎并不打算放过我，她"哼"了一声："有老公还要藏起来？未婚妈妈很难看吧？"

我看看方少顷，他的眼睛里波澜不惊，嘴角微微地扬起，不疾不缓地说："郭太太，请问你和令先生离婚的消息什么时候准备对外公布呢？"

安可姐姐的脸瞬间惨白，周围窃窃私语的声音不绝于耳。我看到她身体微微发抖，指着方少顷愤怒地说："你胡说，我又没离婚。"

"哦？是吗？"方少顷眼睛眯起来，嘴角微微地上扬，"那我一会儿打个电话给律师楼确认下你们的离婚案件是不是出了什么问题？"

安可姐姐气得暴跳如雷："你是谁，你到底是谁？"

他的嘴边扬起一丝不易察觉的笑容，却是极其的冰冷："难道你有健忘症吗？我太太刚才已经告诉过你了，我是方思谦的爸爸、薛流苏的先生。"

草坪上的小灯珠一串一串闪着光，晃着我的眼睛，方少顷看我的目光有一种说不出来的熟悉感，那么似曾相识的目光。

我看到安可沉默地站在人群里，隐藏在黑夜之中。

这是一个虚幻的梦，让人不知道身在何处。

逝水流年的青春之痛，
抵死纠缠的回忆之殇。

第四章>>>
真实得如同梦幻

1 》》

生平花最短的时间却拿到最多钱的活动就这样结束了。

我坐在幼儿园旁边的麦兄弟家，点了一杯巧克力圣代调节心情，方少顷给小帅哥买了薯条、鸡翅、汉堡。

"你刚才表现很迟钝，这不像你。"方少顷在努力地撕着手撕鸡块的肉。

"我不是在等你表现吗？"我笑。

"不，你只是不想用那些刻薄的语言对待她而已。"他淡淡地说，把一块手撕鸡放在我眼前。

方少顷一语道破我刚才的想法，如今的薛流苏，随时都可以用满身刺去对付袭击她的人，我不是不能用更难听的语言对待林安宁，只是因为她是安可的姐姐，我要给她留着脸面。

只可惜，方少顷没有给她留。

"你怎么知道他们夫妻离婚的？"林安宁的老公是景州某个政府部门的要员，平日里作风朴素严谨，近日又准备竞选某职位，个人作风问题自然是很重要的，离婚这么负面的事情，大多数不会对外公开。

"他们的离婚案是在我和朋友开的律师楼办理的，我只不过略知一二。"他吃一口我的圣代，完全不顾我吃过，皱着眉头说，"大冬天的吃这个不冷吗？"

"你不是学工商管理的吗？怎么又办律师楼？"我很疑惑。

"妈妈，我爸爸智商超级高的，他有律师证、会计证、潜水证……"小帅哥掰着指头一直数。

我看了一眼坐在对面吃着我的圣代表情很淡然的方少顷，他这种男人，就是电视剧里面那种成就了无数种不可能的金龟婿，偏偏又低调，又内敛，怎不叫人感叹。

我吃着方少顷时不时递过来的手撕鸡，总觉得自己在做梦。

小帅哥突然抓住我生冻疮还没好的手，天真地问我："姐姐，你的手是红萝卜做的吗？"

我丢过去一个大白眼："是啊，姐姐的手还能直接吃呢。"

方少顷看着我的手，灯光下，它就像一个熊掌那么壮观："还好，戒指能戴得上。"他的手抚摸上我唯一没有红肿的无名指，形成鲜明的反差。

"对了，戒指还给你。"我准备把戒指脱下来。

他按住我的手："你今天表现得很好，不知道以后能不能继续帮我？"

"继续？"我有点奇怪。

"就是你长期做谦谦的代班妈妈，我每个月给你结算一次钱，这样你也可以不用那么辛苦，整天在外面奔波。"

"听上去不错。"我眯起眼睛想了想，"但是我不要。"

"为什么？"

"我不想这么年轻就做一个小孩子的妈，以后嫁不出去怎么办？"我吃一口薯条，看着方少顷。

"姐姐，那你就嫁给爸爸吧。"小帅哥站在凳子上大声宣布。

周遭的人都转过来看着我们，我不用看我的脸都知道肯定红了。

方少顷并没有等我的答案，只是转头对着小帅哥说："谦谦，你给爸爸解释一下，那个甜甜是怎么回事？"

小帅哥的脸一下子泛红，顺着凳子滑下来，求助地看着我。

我赶忙打圆场："你这个人怎么一点小事记这么久啊？不就是你儿子喜欢一个小女生吗？你有必要这么穷追不舍吗？"

"如果你儿子早恋你怎么办？"方少顷把问题推给我。

"我儿子？"我笑笑，"我会表扬他如此跟随世界的步伐，早早进入国际化时代。"我揉揉小帅哥的脑袋，他的眼睛一闪一闪的，我笑着继续说，"人和人相处贵在互相信任，你要相信他能自律，因为他是你教育出来的孩子，同时你也要观察他的举动，在他跌倒的时候扶起他。总之他就是一只风筝，让他飞得高、飞得远，但要永远掌控住牵着他的线。"

这下换方姓两父子的目光齐刷刷地朝向我，不可置信。

"好吧，请无视我。"我用力地咀嚼手撕鸡，在麦兄弟家，我爱吃的只有巧克力圣代和手撕鸡。

方少顷拿过一张纸巾擦了擦油腻的手，把手交叠在桌子上，看着对面非常想动却不敢动的小帅哥，半晌之后，他说："好吧，就按你说的这么做。"

小帅哥的头一下靠在我的手肘处，油腻的手毫不客气地擦在我身上，表情既复杂又可爱，他突然问我："姐姐，你能和爸爸一起拉住风筝的线吗？"

我的心里突然有一种说不出来的感觉，有点温暖，又有点忧伤。温暖的是一个调皮又孤独的小孩，对我提出这么亲近的要求，忧伤的是我却不知道如何回答他。

方少顷走过来，一把搂过他，温柔地对他说："傻儿子，爸爸会一直一直拉紧你的。"

方少顷抬头看着我，是我第一次遇到他的那种眼神，隔着时光，隔着千山万水，久别重逢的期待和感伤。

让人无法言语。

2 》》

方少顷在那日之后，和我定下了一个长期的协议，每周五去接小帅哥放学，为了不穿帮，每次去都要戴上戒指。

当然待遇是相当可观的。

为了这可观的待遇，我义不容辞地接下了这神圣的工作。

另一层重要原因，我可怕的59分向前英勇地迈进了1分，我似乎听到了自己内心在愉快地哼唱"翻身农奴把歌唱"。我终于摆脱了留级的噩运。

所有人都问我升级的计策是什么，我公布实情给大家："美人计。"

全宿舍的人都鄙夷地看着我说："你是在对我们用迷幻计吧？"

我只好沉默着忽略这个问题，为自己安排了新的兼职表。

钱灿灿这个粗鲁的少女开始向淑女转变，过年的时候我以为她只是变装玩一玩，没想到变成了持续风格，头发染黑，拉直，衣服通通换成柔软布料，讲话总爱含羞带嗔，看你的时候眼睛还要眨巴眨巴像个洋娃娃。

紫鱼是宿舍第一个崩溃而攻之的人，她说："钱灿灿，你这样只让我觉得妓女从良，我不知道是应该为你开心，还是为我们几个姐妹感到恐慌。"

钱灿灿看我一眼，做无辜状："苏苏姐，人家这样不好看吗？"

我正在吃一块蓝莓水果糖，直接卡在喉咙里，果子赶紧猛拍我后背才让我捡回一条命。

果子说："你看看你这个样子杀伤力有多大，苏苏姐这么有抵抗力的人都无法招架。"

我不表态只是拼命喝着水，我能看出来钱灿灿如此打扮大概是遇到了她心仪的另一半，只是谁也不知道这个另一半是不是一个靠谱的角色。

钱灿灿看到我们三个人统一战线地鄙视她如今的样貌，非常恼怒地对我们一吼："有你们这样的姐妹吗？太让我失望了。"说完一转身就出了门。

3 》》

大四下学期，所有人筹备的事情无非就是毕业论文、研究生考试。

我们商学院连同外语学院、艺术学院三个学院准备举办一场话剧表演来为大四毕业谢幕。我在回宿舍的路上看到钱灿灿满面红光地拿着海报朝我跑过来，脑海只涌现出几个字：有够无聊。

然后她看到我马上就微笑着对我说："苏苏姐，一定要来捧场，你妹妹做编剧。"

我的嘴角抽搐了一下，钱灿灿做编剧的本领我大一的时候领教过一回，编的剧本不是男主角为爱自杀，就是女主角为爱跳楼，最惨的就是双双殉情，无一生还。那时候我、安可和沈艺彤看完她的剧本，总觉得钱灿灿需要做一下心理治疗。

钱灿灿通过她老爸的殷实关系，去了一个和自己专业风马牛不相及的地方实习——电视台。

当她美滋滋地在宿舍对着我和紫鱼、果子三个人炫耀的时候，我们充分感受到这个社会腐败的一面。

我为我转系这个举动感到可惜，早知道我现在混不出个所以然，还不如当初就在考古系待着，偶尔跟教授跑跑古迹，挖挖陵墓，发现发现历史残骸了。

当然这天下间没有后悔药吃。

我自然是没有时间到什么大公司去做无薪或者低薪的实习

如果记忆不说话·流年也会开出花

生，再加上家里无门，外债无数，所以我这个工商管理系的学生除了平时做秀展、餐厅服务员、服装模特之外，开始接触偶尔露脸的演员工作。

这个机会是钱灿灿给我争取的，她有一个姑姑做导演，拍了几部还算不错的戏，捧红了几个新人，在圈内稍微有些声望，让我过去客串两个小角色大抵是没有问题的，我总想着熬过大学的时光等毕业再作打算。

做临时演员的时候风吹日晒，有时候半夜一场戏还轮不到我的时候就在冷风中站着睡着，烈日炎炎的夏天烤到快中暑就为了过去给小姐端杯茶水。长此以往，练就了我的金刚不坏之身。

我每周去接小帅哥放学的时候，总是顶着一张疲惫沧桑的脸，他每次都冲我跑过来，赖在我的怀里，然后很温柔地摸摸我的脸说："姐姐，你没睡好觉吗？"

"是啊，姐姐失眠呢。"我哄他。

"那我把我的水晶宝宝借你玩吧。看到他就像看到我哟。"他拿给我一盒装在透明盒子里的颗粒，它们浸泡在水中，像彩色的巧克力豆。

又或者不知道从哪里拿来一瓶冻疮膏给我抹上，小小的手在我长满冻疮的位置搓来搓去，很乖巧地说："爸爸说，这样你的手就会好了。"

我常常这样抱着他，他真的很轻很轻，一点都不像五岁的孩子，他靠在我的怀里对我有一种莫名的依赖，我很累的时候他也不和我闹，很懂事地安静地待着，偶尔他还是会喊我妈妈，虽然是假的，却让我对他有一种说不出来的亲近。

好几次在送他回家的路上，我真的很困了，就在车子上睡着，重复地做一个梦，我梦到自己站在很高很高的悬崖边，对着手机屏幕流泪，上面有一个模糊的人影，我不知道那是谁，我觉得跳下去就没事了，我再也不用面对艰难的未来，再也不用伪装自己，只要静静地闭着眼睛，不用知道永远有多远。

每次在车子里醒来，我都能看到方少顷给我擦眼泪，他说："苏苏，这么多年，你过得一点都不好，对吗？"

他像是一下子跃入我生命中的亲人，他关心我、照顾我，对我温柔又体贴。

"我很好。"

我每次都挤出这三个字回应他。

他或许不知道，如今的我再也不需要任何人的同情和怜悯，我再也不会让自己陷入爱一个人的恐慌中不能自己。这茫茫尘世，曾经我以为找到一个依托的人，会更容易走下面的路。后来我才明白，这世界上，没有任何人能够永远在你身边，如果你不学会独自上路，你只会在面临失去的时候，惊慌失措，痛不欲生。

未雨绸缪，这才是孤独行走的明灯。

4 >>>

钱灿灿邀我参观她工作的地方的那个周五，难得方少顷告诉我这周不用去接小帅哥放学了，他们另有安排。这样我就空闲了下来，正好去钱灿灿工作的电视台。

电视台挺大的，一般不让外人进入，高楼比一般的写字楼辉煌，门口一个巨大的电视台标志。钱灿灿打扮得很精致，看到我来，立刻小鸟依人地挽住我的手。

有一刻，我觉得钱灿灿好像变了。

爱情让她变得漂亮、女人、成熟了。这是好的转变。

她打卡带我进去，我们在电梯里遇到了背着小提琴的安可。

只有一个人的安可，孤独地靠在电梯的左侧，垂着那双曾经明亮的眼睛，额角的发微微地上扬，电梯里的镜子分离出他的剪影，孤独而落寞。

我一直以为安可在离开我之后，过得很好，我们分手后一年他就和沈艺彤双双毕业，他和沈艺彤一同到沈艺彤爸爸开的音乐学院任教，他们一同参加各项国际比赛，经常出现在电视台的比赛节目上做评委，他们的故事成为了景州可歌可泣的爱情神话，任何人都不再提起他和我在一起的那段插曲。有时候路过商场，看到电视机里面的安可，忧伤的眼神一点都不如昔日的干净纯洁，他变得忧郁又满腹心事。我不忍多看。"安可。"钱灿灿先叫他。

他这才抬起头看到我们，我扭过头去打发空间里的尴尬。

"这么巧？"他的声音显得那么遥远。

"我在电视台实习，你呢？"

"给儿童台的节目做评委。"

"挺好。"

钱灿灿尴尬地接完台词，拉我，我皱眉瞪她，很快又低下头，我想起我和安可第一次坐电梯的时候，里面没有人，我要他吻我，他特别不好意思地说，电梯里有录像。我不管三七二十一，把他脑袋往墙上一按，一个吻就上去了。吻完之后，我很豪迈地说："就是要录下来，看你以后承不承认。"

从那以后，只要电梯里没有人，安可就靠过来，拉着我说："苏苏，到了存证的时刻了，你准备好了吗？"

我每次都笑着推他说："你个流氓。"

我现在都还记得安可的手抚在我的腰间，他唇齿间的清香，逼仄空间里我们接吻的侧脸，和他分手之后，我很久很久不敢坐电梯，我怕我好不容易筑起的坚强的壳，在回忆面前，变得不堪一击。

安可在十楼下的，钱灿灿的节目组在十二楼。他出去的时候，我快速地按了关门的键。安可的脸渐渐地在门外消失，他望着我，久久没有离开。

"我真的搞不懂安可为什么和你分手，我从来没见过任何一对情侣比你们爱得更天崩地裂，就跟紫薇和尔康似的。"

"所以说爱情不可靠，你都不知道为什么，他就离开你了。"我笑着告诉钱灿灿，话锋一转，"你呀你，也要当心噢，别到时候落得和姐姐一个下场。"

钱灿灿哼我一声："我才不会呢，我的那个比你的靠谱……"她意识到自己说漏嘴，笑笑，"我是说我会找一个比林安可靠谱的。事实证明，帅哥不可靠。"她感叹。

钱灿灿指着一张干净整洁的办公桌叫我坐下，我疑惑不已："这是谁的位置？"

"当然是我的啦。"

"你发烧了吗？"我非常怀疑，平日里把鞋、袜子丢得满天飞，四年都整理不好柜子里的衣服，所有的衣服堆叠如山，所有的书本都在风中凌乱的钱灿灿，怎么能整理出这么整齐的桌子？

钱灿灿正想说点什么反驳我，有一个男人走过来说："临时会议，大家去会议室集合。"

"姐姐，我对不住你，我以为今天没有事了。"

"没事，你去吧，我在这儿等你。"

钱灿灿走了，我望着偌大的办公室觉得有些无聊，大家都挺友善地对我微笑，我坐在一个字幕员旁边看他做片子，看他认真地给每一个人的话配上字幕，来回地修改，节目是一个采访，屏幕上那张精致端庄的脸是我那天晚上见到的许千沫，上过妆的她更有些凌厉的美，她在采访一个企业家，那个企业家经常讲着讲着就变成了地方方言，没想到许主播也能听得懂，还继续访问。

只是字幕员在一旁抓狂了："谁懂得清榕的方言啊？这字幕怎么打？"

大家都摇摇头，有一个说："要不你先做别的节目，我们等会儿问问别的节目组看有没有人会。"

我拍着字幕员的肩膀对他小声地说了一句："我听得懂，我帮你翻译。"

翻译结束之后，字幕员很感激地说："太谢谢你了，还好有你在。"

"不用客气。"我站起来，拿着卡有些无聊地慢慢地走着。

"流苏，怎么是你？"熟悉的声音让我转头，却看到了肖清墨。他旁边站着的是神色抵触的杜芸。

"我是来看灿灿的。"

"有空我们……"下面的话被杜芸狠狠地瞪了回去，"小师妹很忙的，你别打扰人家。"硬是被拽走了。

我暗暗觉得好笑，她生怕别人抢了她的心头肉似的。

不知不觉中走到了电梯的位置，我摸着电梯的门，开始数电梯旁边楼层的格子数，1、2、3、4……

电梯"叮"的一声打开，里面出来两个人，一个是许千沫，一个是林安可。

我有点局促不安，想转身，安可叫我："苏苏，我能不能和你说几句话？"

许千沫古怪地看我一眼，慢慢地从我身边走过，她身上有淡淡的香奈儿5号香味，经典的淡雅幽香，妆化得极淡，却似朝霞映雪般美丽。

"我和你没什么可说。"我表现得异常冷静。

安可一把拉住我的胳膊："我就说一句，就一句好吗？"

我从来没有看过安可这么低三下四的样子，不由得心软："说吧。"

"下个月我在卡雅演奏厅有一个小提琴独奏，你能不能来？"

多么像大一那年的夏天，我站在他房间的窗台前，他靠着门，拿着一盘火龙果，略带微笑地问我："苏苏姐，我如果开演奏会你来不来？"

那天我偷看过安可的日记本，他小时候最大的愿望，就是带着心爱的人开一场自己的演奏会。

以前我以为这个人会是我，只会是我。

"你有沈艺彤就好了，我为什么要去？"

"艺彤去英国参加公演了。"

"所以你才想到我？"我笑了一笑，原来我一直以来都只是个替补。

"我希望你能来。"安可把一张票塞到我的手上，慢慢地松开我的手，走进了电梯里。

我捏着那张VIP票，转过身，面朝着电视台的大厅里，走廊里，散发着香奈儿5号的清雅。

5 »»

钱灿灿结束了会议，正好到了下午下班的时间，她耷拉着脑袋从会议室出来。

饭是在她们电视台的食堂吃的，我打了许多看似非常好吃的菜肴，还有水果，一个很大的红富士。

我从来都不会虐待我的胃，于是拼命地往自己的嘴里塞东西，钱灿灿没精打采地叹息，一直用叉子插着眼前的咖喱鸡饭。

"怎么啦？"我问。

"我们栏目最近收视率很低，比不过另外一个节目，可能会被裁掉。"

"你什么时候这么忧国忧民了啊？你一实习生，关你什么事啊？"

"你懂什么啊？Eric花了多少心思在这个节目上啊，从写稿到拍摄到录制一路盯下来。"

"Eric？"这个名字第一次从钱灿灿的嘴里跳出来，声音如当年和我提到林安可差不多，只是那时候满是崇拜和仰望，现在变成了期待和守护。

钱灿灿脸上微微一红："我们节目编导，留英回来的。"

"很帅？"

钱灿灿点头。

"很有才华？"

钱灿灿又点头。

"你爱上他啦？"

钱灿灿脸红成了我刚才买的红富士苹果。

"苏苏姐，你讨厌啦。"她舀一勺她的咖喱鸡饭塞到我嘴里，"快吃快吃，别问那么多。"

我忍住爆笑的冲动拼命咀嚼着嘴里的食物，我就知道这丫头性情大变绝对不是因为佛祖点化，原因多半就是紫鱼说的遇到了良人。

"灿灿，你们在聊什么？"突然有一个温润的声音介入。

我抬头，眼前的男人二十五六，面容是干净而斯文的。他端着一个餐盘，里面放着一盘意大利面，配了一杯浓郁的咖啡，细边的眼镜在阳光下晕开浅浅的光芒，嘴角漫开浅浅的笑容，他并没有特别华丽出众的外表，却有一种让人安定的气质。

"Eric……"钱灿灿脸色有点变了。

原来这就是让钱灿灿性情大变的男人。

"我可以坐下吗？"

钱灿灿疯狂点头："可以可以可以。"

我斜她一眼，一看就是没和这个男人吃过饭。

Eric转头很有礼貌地问我："这位是？"

"我是钱灿灿的同学，我叫薛流苏，幸会幸会。"我伸出手，和他客套一番。

他有片刻的愣住，说："好像，真的好像。"

"像什么？"钱灿灿问。

"蒙娜丽莎吗？"我调侃地说道。

我话一出，钱灿灿露出了无奈的表情，Eric露出了好笑的表情："我错了，你这么幽默，怎么可能是她呢？"

他转向钱灿灿："灿灿，你刚才在会议上都没有讲话，我想听听你的意见。"

"我一个实习生，能有什么高见。"钱灿灿难得谦虚一把。

"没事，就当说着玩。"Eric鼓励她。

"我觉得我们节目下次请的嘉宾应该要讨论度比较高的人，比如歌星、影星，或者各路精英，总之最好都是帅哥，呈现他们的另一面给观众，尽量做到又养眼又有深度。"钱灿灿说完了，有点忐忑地看着Eric。

"你有没有什么合适的人选？"Eric似乎有点被说动。

钱灿灿想了一想，眼睛一亮："偶像歌手落单吧，他从未上过节目，如果我们能邀请到他来，那节目收视率肯定会飙高的。"

"多少节目邀请过他，没有一个请得动。"

"那，那……"钱灿灿很努力地又想了想，"那我们学校现在的西方经济学老师方少顷吧。根据我老哥财经报的调查，很多人想知道这个传奇人物是怎样不依靠家族关系在美国白手起家，短短几年就在金融界榜上有名的。"

钱灿灿一提到方少顷，我差点又被噎到，我一直没敢说我在他那做临时演员的事，要不然我估计会被她嫉妒的目光杀死。

"他这个人低调惯了，不喜欢曝光，他不会肯做节目的。"Eric肯定地回答。

"你好像很了解他……"我转过头看着Eric。

他笑笑。

"舅舅，舅舅……"

门口处，有一个矮小的身影，就着最后一抹夕阳，跌跌撞撞地往里面跑，奶黄色的秋衣，短而花哨的裤子，小小的脑袋上面是一张天使般的脸孔，偏偏一双机灵的小眼睛显得那么贼。

这不是小帅哥还能是谁？他蹿到Eric怀里，甜腻腻地喊："舅舅。"

"谦谦，这么久才来看舅舅啊？"Eric一把抱住他，帮他理了理头发。

小帅哥一眼就看到我了，我眯着眼睛冲他笑笑，我想要传递给他的意思是，千万装着不认识我，要不然我就灭了你。

他天使般的小脸也微微地笑了笑，我想他应该领悟了我眼神中的杀气，只不过下一秒他的眼里又露出了小恶魔的笑容，他的手朝我这边伸了伸，软软地对我说了一句："妈妈，抱抱。"

只见对面本来拿着叉子吃咖喱饭的钱灿灿，手中叉子突然坠地，发出了一声脆响。

我想四两拨千斤地化解眼前的场面，就装着非常和蔼地说："小朋友，我不是你妈妈噢，我只是长得比较像蒙娜丽莎而已哟。"

我刚说完，小帅哥的小嘴立刻开始瘪着，眼眶微微泛红，我知道他又要施展他完美的演技了，我赶紧把桌子上的苹果塞到他嘴里，摸摸他的头："好了，先吃个水果再酝酿感情。"

他含在眼中的眼泪立刻逆流而回，咬了一口苹果，从Eric的怀里蹿到了我怀里，选了一个很舒服的位置靠着，边吃着苹果边说："今天我先放过你哦。"

我舒了一口气，对看着我的两个人解释："小孩子，就是调皮，呵呵……"我那两声呵呵显得那么无助。

"苏苏姐，你吓死我了，我还以为你有一个这么大的儿子呢。"钱灿灿一脸"还好"的表情。

"难得这个小鬼调皮一次。"Eric很宠溺地捏捏他。

突然，我想起了一个问题，如果小帅哥叫Eric舅舅，那么小帅哥的妈妈，就是他的姐姐或者妹妹了？

"你爸爸呢？"Eric问。

"去给我买奶茶了。"他指指门口。

方少顷西装革履清俊不凡地走了进来，他是光芒万丈的人，每到一处都让人屏住呼吸，虽然我看久了，每看一次还是要感慨一次。

"方老师！"钱灿灿非常激动地摇我的手，"是方老师啊。"

我低着头笑："是啊，好巧好巧。"

小帅哥抬头看我一眼："姐姐，你干吗假装不认识我爸爸啊？"

我敲他头："吃你的苹果，别给我废话。"

"他叫方老师爸爸，又叫Eric舅舅，那他妈妈不就是许千沫主播了吗？"

我惊悚地抬头，不可置信地问钱灿灿："这么复杂的关系你是怎么分析的？和许千沫有什么关系？"

钱灿灿走到我旁边，自认为小声其实很大声地说："你不知道吧，许千沫是Eric的妹妹啊。小东西喊Eric舅舅，那不就是许千沫的儿子吗？"

我的脑袋处于混乱状态，这都是哪儿跟哪儿？这个版本和我之前知道的完全不一样。

不过他们家的事与我何干？我自始至终都只是一个临时演员。

"管人家那么多干吗？吃饱没啊？吃饱了我们走吧。"我对钱灿灿说。

"怎么说也要和方老师打个招呼嘛，你急什么急？"

钱灿灿拉着我，走到方少顷面前："方老师，你好，你可能不认识我，但我认识你，你是我们西方经济学的老师，上学期我上过你的课，今年不能再瞻仰你帅气的容颜我深深遗憾了许久，没想到在这里再次与你相遇，没想到你有个这么活泼可爱的儿子，还有个那么美丽动人的妻子……"

我在一旁想阻止她发表她愚蠢的言论，就拼命地捏了她的手一下，她尖叫了一声："苏苏姐你捏我干吗啊？你还不许我对方老师表达一下景仰之情吗？你还不许我表达一下我知道八卦的惊喜之情吗？你什么朋友啊你？"

我为她在心仪的人面前表露出的"真性情"默哀了三秒。我望了望最后一抹夕阳，为钱灿灿失态的表现感到惋惜。

6 》》

和钱灿灿分别之后，接到片场的电话，说晚上有一场新戏《春眠破晓》有个角色临时找不到合适的演员，问我有没有空。

我搭上公交就去了片场。

前面的演员台词很长，一直拍不好，闲下来我就坐在外面的椅子上发呆。

"流苏，好巧啊。"一双手突然地搭上了我的肩膀，一张尚算端正但是笑容有点猥亵的脸出现在我的视线里，这是圈中"出了名"的副导孔俊，长相不差，家里有几个钱，是个花花公子，骗过许多有演艺梦想的女孩儿，钱灿灿的姑妈之前和我交代过，看到他要避而远之。

"是啊，副导，真巧。"我站起来，避开他的手。

"流苏，你别和我这么生疏嘛，你知道，我一直都是记得你的。"他靠近我。

我向后退了三步："副导，请你自重。"

"自重什么啊，窈窕淑女，君子好逑，你未嫁我未娶的。"他的身上劣质古龙水的味道刺鼻难闻。

我突然摸到挂在包包上的戒指，一把扯下来戴在手上："副导，真的不好意思，我有未婚夫了，我们很快就会结婚。"

走廊的尽头，走过来一个人，他知道不好再纠缠下去："你，你，你这个女人，真不识好歹。"

孔俊走了没多久，我才看清楚走过来的那个人，原来是方少顷。

"你怎么来了？"我很奇怪。

"跟踪你来的。"他一本正经地看着我。我当然是不相信的，以为他开玩笑。

方少顷的目光落在我戴的戒指上："没想到戒指还有驱鬼的作用？"他说的鬼当然是指刚才骚扰我的孔俊。

我笑了笑，把戒指摘下来，挂回包包挂链上。

方少顷微微皱了皱眉头："你平时就这么放戒指的？"

"有什么问题？"

"你不怕弄丢吗？以你的性格不是应该很重视贵重的东西？"

"最安全的地方就是最危险的地方，一般人都以为是假的嘛，再说，这东西你只是暂时放我这儿，又不是我的，既然不是我的，我何必那么珍惜？"

方少顷低着头，颇有深意地看了我一眼，我觉得他被我歪曲事实的解释折服了。

下一秒，他一伸手，把戒指从包包上扯下来，给我戴在手上："现在我告诉你，它属于你了，以后请你好好珍惜它。"

多么不可置信，我看着这枚钻戒正风骚地冲我挥着它的小手绢。我秉着有钱就是好人的原则，感激地对方少顷说："方老师，你放心，我会珍惜它的。"

他笑着理了理我的头发："那以后就别摘下来了好吗？"

还没等我充分理解他这句话的意思，里面的人就喊我进去了。

拍完之后出来，方少顷还在外面等我，我起初以为他是来片场找人，这下看来好像真的是来找我的。

他在送我回家的途中久久没有讲话，于是我随便找了个话题问："小帅哥呢？"

"睡觉了。"

"哦。"我垂下眼睛，不知道要接什么话。

"苏苏。"他突然叫我。

"嗯？"

"谦谦的妈妈是Eric和千沫的妹妹。"他突兀地说了一句。

"然后？"

"我和千沫真的没什么。"夜里一排排树的光影稀疏地打在他完美的脸孔上，他似乎有一点点急于要解释什么，可是又怕解释不好。

"为什么要和我解释？"

他一个刹车，停下来，扭头看我："我不想你误会。"

我温和地笑了笑："方老师，你没必要和我解释，我们仅仅只是师生关系，不是吗？"

他的眼中微微有了一点点怒色，他的手抚开我微落在眼睛前的发丝，声音温润又沉着："苏苏，到现在，你还觉得我们仅仅只是师生关系吗？"

我看着他靠近的面孔，有一点点惊慌，狭窄的空间里，我不知道如何是好。

"方老师……"我有点结巴。

"不要叫我方老师，叫我少顷。"

"可是……"我还想说什么，方少顷的唇已经落了下来。这是一个霸道的吻，带着浓浓的感情，舌尖的侵略似乎要让我停止呼吸。

很久之后，直到身后无数的喇叭声起伏响起，他才把我放开，用力地抓住我的肩，认真地对我说："苏苏，我喜欢你。"

"我……你……"我舌头打架，不知道说什么。他隐在夜光之中的脸让我觉得不真实。

方少顷笑了起来，揉揉我的头发："不用现在回答我，我可以等你。"

那个夜晚，我没有睡着。

闭上眼睛就是方少顷低头的样子，他深邃的五官近在咫尺，眼睑垂落下来，表情忘情而温柔。这么多年，他是第二个吻我的人，在安可离开后的日子，我想过我不会再爱上任何人，因为把自己交付给另一个人，是一件太可怕的事。可是方少顷，他就这样出现在我的面前，给了我一份意想不到的爱，如果这只是梦，足以让我不愿醒来，如果这是现实，足以让我害怕面对未来。

辗转难眠地靠在墙壁上，想起似乎自己的记忆之中，曾经有过这样的片段，面对选择，两难到恨不得把自己藏起来。

7 »»

安可演奏会的那一天，鬼使神差的我腾出了一整天的时间。

那天乌云密布，像是要下雨，钱灿灿说是不好的兆头。

我从柜子里翻出一套宝蓝色的风衣，黑紫色的长靴，水晶流苏耳环，这些我喜欢的衣服首饰，都是我曾经幻想过参加安可演奏会的装扮，那年我幻想捧一束花，和他在台上拥抱三分钟，让全城的人都知道我们的幸福。

我看了看镜子前面把眼影一点点打在眼皮上的自己，刷过之后的浓密睫毛、黑色眼线，暗紫色的眼角撒了一点点金粉，整个人看上去不再死气沉沉。

刚走到学校门口，就接到方少顷的电话，他问我："苏苏，你在哪儿？谦谦今天想找你带他去游乐场。"

"今天没空了，我要去看一个朋友。"

"那需要我送你去吗？"

"不用了，我自己可以去。"

挂了电话，我在车上闭起眼睛，手上的戒指还在，本来想脱下来，可是很奇怪，短短两周，我的手指好像长肥了一样，戒指怎样都拿不下来了，我端起它，只是那么小的一颗，那么简单的一个环，多少爱人就这样甘愿被它们套住一生。

或者，他们被套住的，只是爱情的本身。

"卡雅"演奏厅是景州最大的演奏厅，平日里有一些国际级演奏会都会来这里表演，金碧辉煌不在话下，能在这里开演奏会都是在国内或国际上有一定声望的人。

林安可，他仅用短短几年时间，就做到了。我从来都不怀疑他的能力和演奏天赋，他想做好一件事，一定能做到完美，爱情上，也是一样，他总可以让人心甘情愿地把自己交付给他。

进去之前，我一直站在外面犹豫不决，我不知道我要不要踏进这一步，这很艰难的一步。

手机响起来的时候，方少顷三个字，在黑夜里如同一盏细微的灯在闪烁。

"苏苏。"他的声音有些轻。

"怎么了？"

"你……"他停了停，欲言又止。只听见小帅哥在旁边喊："姐姐，你去见谁了？为什么不带我去游乐场？哼！"

"别吵。"方少顷对小帅哥喊，我能想象出小帅哥委屈地坐在位置上不高兴的表情。

"苏苏……那我们明天带谦谦去游乐场吧。"

"你打电话来就是要和我说这件事吗？"我并不觉得这是他要说的话。

电话那头沉默了片刻，这片刻的时间世界都安静了，我捏着电话的手竟然微微出了汗。

"是啊，明天我去接你。"最后他说。

"好的，明天见。"

"明天见。"

方少顷第一次在电话里像一个忐忑的少年，颠覆了以往的成熟稳重，他试探性地想得知什么，却最终没有开口。

走进演奏厅的那一刻，我望了望黑暗的夜空。那些纷沓而来的记忆像是一道道伤疤，因为没有阳光的照耀，始终在不停地溃烂。

所有受过的伤，如果不去面对，怎么会痊愈？

8 》》

我坐下的时候，安可刚刚开始表演，所有的灯光都暗了下来，只有一束奶白色的灯光落在安可的身上，他身穿华丽的燕尾服，领结是金色条纹的，那束灯光，将他的身形拉长得忧郁又哀伤，黑暗里，我看到了他，不知他是否看见了我。

我听到他拉那首约翰尼•斯文德森的"浪漫小提琴曲"，看到他在人群里面找寻我的身影，时光似乎就在昨天，他还在淡淡光影的车子里怀抱着沈艺彤，透过车窗的玻璃告诉我这首曲子的名字。

可是如今，一切都物是人非。

安可表演快结束的时候，一个工作人员走过来，他递给我一束花："薛小姐，林先生让我把花给你，他希望你能给他献花。"

我捧着那一束香水百合，看着台上正在谢幕的人，我将这束花献给他，希望从此以后，我和他再也没有任何瓜葛。

我走上台去，灯光照在我的脸上，安可很惊喜。

"苏苏，我没想到……"

"安可，祝贺你梦想成真。"

我将花递过去。

安可还没有接到那束花，花就被另一双手一把夺去丢在地上，沈艺彤风尘仆仆的身影和凌厉的谩骂尾随其后："薛流苏，你欺人太甚，趁我不在又想勾引安可，我告诉你，没门！"

本来观赏快要结束时的人们容易躁动，而这么混乱的场面在这么隆重的演奏会上的发生史无前例。

我摊了摊手对安可"高素质"又当众出丑的女友表示无可奈何。

"安可，抱歉，搞砸了你的演奏会。"我欲离开。

"想走？"沈艺彤过来拉我，我想甩开，没想到，她拉得更紧了。我用力地挣脱，在推搡之间来到了舞台边缘。

沈艺彤平时柔弱得很，那天不知道是不是因为爱情的力量，迸发出罕见的神力。

她就那么用力把我一推，我毫无招架之力地从高高的台子上摔了下去。

安可的脸在我的眼前凝结成了一个结，有一瞬间，我脑海中突然闪过一个相似的片段，那是梦里时常出现的山谷，我向后倒着，缓缓跌落到无穷无尽的黑暗之中。

有个人在我耳边喊："灵灵，灵灵……"梦里的那个声音第一次清晰地出现在我的耳畔，真实得不像做梦。

逝水流年的青春之痛，
抵死纠缠的回忆之殇。

第五章>>>

"卡雅"演奏厅的坠跌

1 »

不知道自己从什么时候开始，重复地做一个梦，梦到自己跌入无边无尽的深渊，内心满载着苦楚，伸出手想抓住什么，却终究什么都抓不到。

大一开始，我有一种很奇怪的习惯，我会在半夜醒来，对着手机屏幕发呆，好像屏幕的那头，有一个人会对着我招手，对我说话，可是我不敢看他。

我觉得那个人是林安可，埋伏在我心里那枚随时要爆炸的小地雷，终于有一天爆炸了。

安可和我在一起之后，经常在夜里接到我的电话，他的声音迷迷糊糊，我说："安可，我害怕。"

他笑："害怕什么？"

"这一切都不真实。"

"你真是个傻瓜，我不是正在和你说话吗？"

安可或许永远都不会懂，我是如何诚惶诚恐地和他在一起，他看起来那么美好，而我看起来那么灰败，他一个笑容就让我觉得安心，可是我们在一起，幸福得不真实。

在我的心里，隐隐地觉得他会离开，我不想面对，我只能牢牢地把他攥在手里，珍惜片刻的温暖，他走的时候，我仿佛又掉入一个无尽的深渊，像是好不容易爬出来，一失足又跌入了深处。

我醒来的时候，看到的第一个人，竟然是安可。

他穿着表演的衣服，面容倦怠，伸手过来要触碰我的脸颊，我一转头就闪躲开了。

"苏苏。"他很艰难地叫着我的名字，"对不起。"

"不需要。"

"苏苏，你是不是很恨我？"

"恨吗？你也配？"

"苏苏，我不知道，我爱的是哪个你，你明白我的痛苦吗？"

"你既然无法确定你爱的是哪个我，你又何必在我面前表现你的痛苦？"

"苏苏……"

"回到你的女朋友身边去，别再出现在我面前假装痴心。"我拿被子蒙住头，不巧打到受伤的地方，痛得我很想哭。

静静的脚步声离去了，我感到有人隔着被子轻轻地摸我的头，我把被子一掀，看到小帅哥圆鼓鼓的眼睛直视着我，奶声奶气地说："姐姐，不怕，坏人走了。"

"你怎么来了？"

"爸爸带我来的。"他指了指门口，方少顷拎着一袋东西，直直地看着我，他们看到刚才安可和我对话的场面了吗？

"痛不痛？"小帅哥脱了鞋子爬到病床上，钻到我的被子里，轻轻地抚摸我受伤的地方，"姐姐，我上次摔到头，特别想哭，可是你抱一抱我，我就觉得不疼了。"他把手搂在我的脖子上，"那我现在抱一抱你，你也会不疼了吗？"

我有些讶异地看着我怀里的小帅哥，胸腔里像是被什么堵塞了一样涩涩地难受。

这两年，我在生活和工作上遇到无数的艰难，我都不觉得辛苦。只是每一次安可和沈艺彤出双入对地在我眼前出现，让我所有的辛苦都变成了心中的疼痛，那种疼痛用撕心裂肺根本不足以来形容。

多少次，都希望有一个人可以对我说，我抱一抱你，你就不会疼了。

我真的没想到，对我说这句话的，竟然是一个半路认识的小孩。

"有你抱着姐姐，姐姐就不疼了呢。"我回答他。

小帅哥靠在我的怀里，小小的脑袋、安静的脸，他说："姐姐，想哭又不敢哭，很难受吧？以前有小朋友欺负我，我都特别想哭，可是我都不敢哭，因为妈妈不喜欢爱哭的小孩。"

"你妈妈告诉你的吗？"

"没有，我没见过妈妈。"

"那你怎么知道妈妈的想法？"

"爸爸说的。"他看了一眼始终站在门口没有走进来的方少顷。

我亲亲他的额头，温柔地对他说："傻孩子，你爸爸骗你的，你妈妈肯定希望你开开心心的，想哭就哭，想笑就笑。"

"真的吗？"他抬头看我。

我笑笑："当然啦，只是，打架是不对的哦。"

他点头："那如果他们要欺负我怎么办？"

我想了想回答："那你就打赢他。"

我看到站在门口提着一袋东西的方少顷，终于皱了皱眉头，走过来。

"你这什么逻辑？别误导谦谦。"他把东西放下，从里面掏出了一杯粥，一袋水果，一本漫画，一个MP4。

"我哪里误导他？我是以一个妈妈的立场教导他。"我看到桌子上的东西，"你带这么多东西来是要干吗？"

"都是你养病必备的东西。"

"我什么时候必备这些东西了？"

"你不喜欢？"他把粥的盖子打开，拿勺子喂我。

我停顿了一下思考他的问题，他又接着说："可能时间，真的会改变一个人的习惯，包括喜欢的东西，喜欢的……人。"他深邃的眼睛有些忧伤地看着我。

我不明白他突然给我说这么突兀的一段话意义何在，我只好附和他说了一句："可能是。"

他的手顿了顿，粥溅到了被褥上。他望着我，一眼望不到底的眸子在我眼前闪动，小帅哥拉拉我："姐姐，爸爸是不是生气了？"

我接过方少顷手里的粥："没有，你爸爸这么宽宏大量的人，怎么会生气嘛？"说完我有点心虚地看着方少顷。

"我去给你接点热水。"他站起身，寥落地朝门口走去。

方少顷出门口的时候，钱灿灿袅娜地和他撞了个满怀，看到他之后不可置信地说："哎呀，不好意思方老师，我走错病房了。我们后会有期，来年学校见。"

方少顷冷冷地应了一句："没走错，苏苏在里面。"

钱灿灿这才再度不可置信地朝病房里面看了看，看到了脑袋包得和橄榄球一样的我正如同一只招财猫似的和她虚弱地挥手，她这才从袅娜的走路姿态改为跌跌撞撞冲进我的病房。

2 »»

钱灿灿先是和我分析这次摔倒事件应该被列为误伤还是蓄意，还归纳了几点构成犯罪动机的理由，并为我提供了几个可靠的律师事务所。

其次开始八卦起我和方姓两父子的关系，她絮絮叨叨地说："好你个苏苏姐，太不把我当姐妹了，你和方老师这么大的事怎么都不通知我一声？"

我大口大口喝着眼前的玉米瘦肉粥，时不时地喂一口旁边的小帅哥。

"我和方老师什么事也没有，我只是帮他打工而已，做他儿子的代班妈妈。"

钱灿灿抓起我手上的戒指："你再说代班？戒指都戴上了，还代班？"

我最怕钱灿灿对我步步紧逼，于是我对小帅哥丢了一个眼神，他立刻会意了之后，蹿出来说："灿灿姐姐，妈妈要休息了哦。"

"你这个小鬼，什么时候认苏苏姐做妈妈的？"钱灿灿也是一个对帅哥没有免疫力的人，她试图要将小帅哥抱在怀里表示亲昵，小帅哥很灵巧地逃开了。

"这是我和妈妈的小秘密哦，不能告诉你哦。"

钱灿灿还想问什么，小帅哥突然说："但是我可以告诉你我舅舅喜欢吃什么哦。"

果然，钱灿灿立刻转移了注意力，很欣喜地问："那你舅舅喜欢吃什么呢？"

"红萝卜和苹果。还有哦，我舅舅不喜欢话多的女生。"

这一招果然奏效，钱灿灿立刻噤声，拿出她的小本本开始记录，一个陷入爱情的女人，就是如此低智商。

钱灿灿走后，小帅哥窝在我怀里说："姐姐，你给我讲个故事吧？"

我有点为难地告诉他："我只会说《白雪公主》，你要听吗？"

我本来以为他会嘲笑着说"谁要听这么老土的故事"，没想到他很干脆地点了点头说："好。"

我顿时为这个孩子的顺从感到激动，我开始给他讲这个每个小孩子都听过的格林童话故事。

"很久很久以前，有一个很漂亮的公主，她没有妈妈，只有一个后妈，后妈每天都会对着魔镜问，魔镜魔镜，谁是这世界上最漂亮的女人……"

小帅哥很认真地听，白色的病房里，我只听见自己微弱柔软的声音一遍遍地回荡，我竟然开始享受这样的时刻，一个对待外人浑身是刺却在我怀里温暖如婴的小孩，他依偎着我，让我心底慢慢地产生柔情。

"最后，白雪公主就和王子快乐地生活在一起啦。"故事说完时，小帅哥已经在我怀里睡着了，暗暗的灯光下，我看到方少顷拎着热水瓶站在门口看着我们。

不知道他什么时候来的，但是他并未打扰我的讲述，只是静静地站在门口。他身姿挺拔，手指干净整洁，拎着一个橘红色底牡丹花纹的热水瓶，走廊上一点点霜白的光迂回在他的身上，如梦似幻。

有一瞬间，我竟觉得曾经在哪里见过他这样，倚靠在一个地方，遥遥地望着我、等着我。

他把热水瓶放下，走到病床旁边，对我说："苏苏，谢谢你给谦谦讲故事。"

我有点不好意思："你们家没人给他讲吗？"

方少顷抿着嘴，目光落在小帅哥身上："没有。"

"那你们也太不负责了，难怪他连《白雪公主》都觉得好听。"

方少顷轻轻地抱起他，就像对待一个宝贝，我第一次发现，他看小帅哥的时候，有一种说不出来的忧郁。

"不是我们不说，是他从来都不愿意听。"

我瞪大了眼睛，我真的不相信方少顷说的那个小帅哥和黏着我的小帅哥是同一个人。他为我掖了掖被子，手落在我撞伤的头部："疼吗？"

"不疼……"

他的脸一点点地靠过来，我听见自己咚咚的心跳声，他抓住我的肩膀，把头轻轻地落在上面，淡淡的熟悉的味道和我如此接近。

"还好你没事，苏苏，你刚被送到医院来的时候，我突然感觉很害怕，很害怕失去你。"他沙哑的声音带着颤抖，在白色的光圈之下宛如旧时钟的滴答。

我不禁轻拍他的背："我没事。别担心。"

他在我额头轻轻落下一个吻："好好休息，我明天再来看你。"他抱起小帅哥，缓缓地离开。

方少顷离开的姿势有些孤独，小帅哥靠在他的肩膀上，卷翘的睫毛微微地下垂，两张相似的脸孔迷漫着同样的哀愁，他们内心都有一个看不见的结，隔开了他们两个人内心相同的路。

我突然想起方少顷那个死去的妻子，小帅哥的妈妈。

她到底是一个怎样的人呢？

3 >>>

在医院养了几天病，方少顷帮忙打点了一切，反复地做了几次检查，头也就好得差不多了。我本来要将住院费还给方少顷的，方少顷说当我预支三个月薪水，于是无聊的时候就温习了一下方少顷给我带来的一整套《乱马》《海贼王》以及整本的《格林童话》。

小帅哥每天放学之后都要来我病房和我一起吃流食，比如麦片、蛋花汤、鱼肉粥之类的东西，吃完了就给我说他们学校一天都发生了什么事，老师教了什么歌，再让我给他读一个格林童话。

小帅哥很听我的话，以前看到谁都不喊人，自从我教育了他之后，他每次来都会对护士和医生问好，他不爱吃青菜，我每天都让方少顷带两碟小青菜喂他吃完。连方少顷都惊叹他儿子的改变。

但是有一次让我哭笑不得。

因为护士小姐每次来给我换药，都喜欢捏捏他的脸说："苏小姐，你儿子真可爱。"

小帅哥天真地问我："她为什么要捏我的脸？"

我告诉他："那是因为护士姐姐喜欢你呀。"

他若有所思地点点头，第二天，方少顷怒气冲冲地拎着他来找我："是不是你教的他？今天有老师向我投诉，说他非礼女同学。"

小帅哥言之凿凿："妈妈说了，喜欢她就捏她脸的嘛，那我喜欢甜甜，我就捏她脸了啊。"

我擦了一把汗，戳他的脑门说："长辈捏小辈才是喜欢的表现，同辈捏同辈就是耍流氓。"

小帅哥也不管听没听懂，立刻理直气壮地说："那爸爸经常趁姐姐睡着亲姐姐的脸，爸爸也是耍流氓吗？"

我的脸一阵红一阵白地看着面色发黑的方少顷，硬着头皮解释："爸爸是长辈，姐姐是晚辈，这是……这是表达一种关心。"

由此我充分领悟到作为父母以身作则的重要性以及教导孩子健康成长是多么的不易。

4 》》》

出院的那天，方少顷来接我。

近黄昏的傍晚，我在窗前捧着护士给我换好的新鲜花束，里面夹杂着一些满天星，像是点缀，却又喧宾夺主似的灼灼放光。

方少顷来时，小帅哥并没有尾随其后。

"谦谦呢？"我问道。

"有同学过生日，我就让他去了。等会儿再去接他。"方少顷帮我整理东西，动作利落简明，收拾得差不多之后，从口袋里拿出手机按了几下递给我："谦谦录了一段视频给你。"

我点开。

小帅哥小小的脑袋在布满喜羊羊的房间里，映出一张雪白又稚气的脸孔来。

"妈妈，出院快乐！宝宝永远爱你哟。"最后不忘来一个很大声的飞吻。

我无声地笑起来。

"这个小东西，真讨人喜欢。"

"也就是对你他才能想得出这么多花招。"方少顷给我披上一件荷叶披肩，"别着凉了。"

心没由来地温暖。

出了医院，看到医院门口有一棵木棉，细细碎碎地落下纤细的蕊，我伸手接了一把。街上又开始落下一点点的雨，行人把伞拿了出来，不知不觉清明将至。

我记得大二的清明，我陪安可给他奶奶扫完墓下来，在旁边的星芒山上放烟花，安可用山上的草给我编了一个戒指，他问我："苏苏，等毕业了，我就娶你，好不好？"

我故意说："谁要嫁给你啊？"

他轻轻地搂着我说："苏苏，我从十六岁的时候就想娶你了。"

他从十六岁就想娶薛流苏，却在她二十一岁的时候和她分手。

爱一个人能有多长久？真是天晓得。

方少顷在车上没有和我说话，车里在放班得瑞的音乐，我陡然觉得时光辗转得这样快，几年前对音乐一窍不通的我还会在车子上和钱灿灿、安可探讨音乐的话题，可是如今真的对音乐略有所知的时候，反而一句讨论的欲望都没有了。

我反复想起安可说："苏苏，我不知道我爱的是哪个你？你能知道我的痛苦吗？"

既然爱一个人都分不清楚，又何必自寻烦恼地痛苦？

人在多数的时候，以为被情所困，但连自己都不明白，困住自己的只是对往事的念念不忘。

5 》》

方少顷并没有直接送我回宿舍，他把车停在了学校东南角的一栋音乐大楼前。

这是一栋旧的音乐大楼，校方时不时地宣称要将其拆毁，

但都迟迟未付诸行动。久而久之，爬山虎的藤蔓将这栋音乐大楼层层包围，连窗户外都被灰褐色的枝条脉络包围。

方少顷从车的后备箱里拿了一个大红塑料袋出来，拉着我上楼。

"要做什么？"我不解。

"别问。"他把手放在唇间，绿色植物掩映下的琥珀色的瞳孔有一点点少年的纯净。时光好像一下子回到了很久很久以前，也有一个人这样拉着我的手，穿着白净的衣服，瞳孔漆黑且深邃。

方少顷轻轻地拉着我，上楼，整个空间里都是我们俩的脚步声。

我们在三楼的走廊里轻轻走着，我在数他的脚步，他在一间琴房门口停了下来，从塑料袋里面依次掏出脸盆、纸张、柳树枝还有一个散发着柚子味道的罐子。

他把柳树枝放进罐子里，掏出来，将水洒在我身上，我有点疑惑地看着他对我重复只在电视上看到的观音点化的时候才使用的动作，我开始揣测他是不是在给我作法。

他把纸张点燃，丢到脸盆里："苏苏，跨过去，跨过去就没事了。"

我乖乖地跨了过去，他也跨了过来："好了，跨过了火盆，所有霉运都会远离你的。"

"亏你还留美的，这么迷信。"我笑他。

他表情严肃："我只要你平安，迷信又有何妨？"

我垂下眼来："你从哪里学来的？"

"以前……谦谦妈妈教我的。"他有些迟疑。

我心里竟一点也不恼怒，转头看到旁边的一架旧钢琴，钢琴尾端已经有一些铁锈，方少顷拍了拍座位上的灰尘，"苏苏，来。"像是邀请，又像重复曾经的动作。

"想弹什么？"他问我。

我的手一触碰到钢琴上，很自然地就弹出了一首自己平时经常在梦中听见的歌曲，方少顷有些惊奇，却在另一个八度上帮我伴奏，琴瑟和鸣，夜色一点点地漫下来，黑暗中只有我们两个人眼睛里微微的光芒。

第一遍结束，他握着我的手："苏苏，你还记得这首曲是吗？"

"这是什么曲？"我疑惑。

"流传在清榕的一个古曲，叫《笙歌》。"他略带希冀地看着我，我从他的眼睛里看到了另一个人。

是另一个人。

"手机给我。"方少顷说。

"做什么？"

"再弹一遍。"他开了录音，放在琴谱的位置。

我们又弹了一遍这首曲，配合度相当之高，好像我们以前就在一起弹过一般。

随着最后一个音符结束，方少顷拿过手机，问我："你手机里我的称呼是什么？"

他看我支支吾吾没回答，自己翻查起来，最后紧锁的眉头跟着嘴形发出了三个字："帅哥爹？"

我有些不好意思地点点头。

他转过头来："这个称呼不好，我帮你改一改。"在他改的过程中，我频繁地伸长脖子去看他改成什么，但是什么也没看到。

他改完之后，把手机调到照相模式："来，笑一笑。"

我很配合地笑了一下，手机里，出现了一张明星和粉丝合照般的照片，他很满意地又设置了几下才把手机还给我："苏苏，以后，一听到这首曲，就知道是我找你了。"

我内心有一股声音在响起，温柔是痛苦的源头，应该及早制止，我正想对方少顷说什么的时候，突然听到走近的脚步声，我惯性地把琴布盖上，拉着方少顷躲到钢琴下面。

浑厚的男声在外面响起："谁？谁在里面？"

另外一个女声："都和你说这栋楼很邪，你非要来。"

一束手电筒的灯光照了过来，我下意识地紧紧抓住方少顷的手臂，屏住呼吸。

"这是什么？"我听到了踢倒火盆的声音。

"是不……是纸钱？"女孩颤抖地说。

紧接着，只听见两个人不约而同地凄厉尖叫："鬼啊——"凌乱的脚步声渐渐远去。

我大大地松了一口气，慢慢地从琴下面钻了出来。

"楼管等会儿就来了，我们快走吧。"天色已经完全暗了下来，我拉着方少顷在黑夜的走廊里奔走，心里有某根弦被牵引了似的，一路想这样拉他走到天边，永生永世。

到了音乐大楼外面，我才真正地放松下来，手里不知道什么时候已经满是汗渍，想松开，却被方少顷拉得更紧。

他伸出手来拥住我："苏苏，我突然觉得自己回到了年少，被一个人牵着，随便跟她去哪里都好。"

我推开他："方老师，你是不是把我当做别人了？"

他怔怔片刻，一只手抚上我的发梢，眼睛晶亮地看着我："你想说什么？"

"是不是我总让你想起谦谦的妈妈？你之所以喜欢我，只是因为我在某些地方和她很相似。"我松开他的手掌，离开他温暖的怀抱。

"我害怕爱情，尤其是替补的爱情。"

此时路灯如数亮起，一直蜿蜒至整个校区，我依然没有从上一段的悲伤中走出来，我也不能掩耳盗铃地去面对下一段不真实的爱情。

方少顷走到我面前，缓缓地低下头来，柔软的嘴在我的唇上轻轻地扫了一下，他揉揉我的头发说："傻瓜，你从来不是替补的，我爱的是你，现在的你啊。"

大大的爬山虎架子前，绿油油的叶子隐没在光影之中，交错缠绕却密不透风，如梦似锦。

他给了我一个盛大的梦，我幸福到不敢触碰。

6 》》

回到宿舍，所有人都缩在电脑后面对着电脑屏幕"奋斗"。

看到我来，显然有些惊奇。

紫鱼指着电脑屏幕说："名人回来啦。"

果子探出脑袋来："快给我签个名。"

只有我一头雾水。

紫鱼指着电脑屏幕上学校一个帖子说："苏苏姐，你住院这一个礼拜，已经成为学校的名人了。"

我正准备凑过去一看，钱灿灿立马用身体挡住视频，"苏苏姐，你别相信他们，纯属造谣。"

"什么造谣啊，有证有据。"紫鱼反驳。

"网络出疯子，尤其是我们学校的网民，逮着一点小道消息满世界煽风点火，你别在意，千万别在意。"钱灿灿解释。

"这……"

"自从有了网络，人民已经开始癫狂，今天芙蓉姐姐，明天水仙妹妹，永远都有讨论的话题人物，苏苏姐，你根本不用把他们放在心上。"

"我……"

"不用担心，景大无非是三个校区，两个图书馆，三十几个院系，全世界排名135位，占地面积2000多亩，就这么巴掌大的地方，学生涵盖量也只有几万人而已，绝对不足为患。"

"可是……"

"大不了向学校投诉，让管理员注销那个发帖人ID，对你没有丝毫影响，苏苏姐，你要相信我，这件事绝对对你构成不了威胁。"

我还没问出发生了什么事，钱灿灿一个人完成了安慰的全过程。她难道不知道她的安慰永远只能起到人心惶惶的效果吗？

果子佩服地说："灿灿，没想到你对我们学校的背景如此了解。"

紫鱼无奈地拍头："天哪，几万人，你让苏苏姐有多大的压力啊。"

我用力地推开钱灿灿，电脑屏幕上是一个一周之内点击率达十几万、被红色的字体大大地标上"HOT"的帖子。

醒目的一个大标题"原景大才子林安可，演奏会上被爆负心门"，下面回帖热闹，比当初我从沈艺彤那里把安可抢过来更火暴。

视频里面，我始终是一个侧脸和背面，倒是沈艺彤张牙舞爪的脸狰狞得恐怖，特别是她喊我"薛流苏，你这个狐狸精"时候的样子，被紫鱼定格住，切出了照片。最后是我跌落之后，有一个男人一把将我抱住的画面，台下灯光昏暗，他只露出半身模糊的剪影。所有人都在猜测这个男人到底是谁，为何出现在紧急关头。

多数的人都认为是看演奏会的热心观众，虽然视频非常不清晰，可是我依然认出那是方少顷，原来那天，是他带我去的医院，可是他又为什么会出现在演奏厅呢？

"新闻天天有，过段时间就闹不起来了。"我整个人倒在宿舍的小床上，我有一种预感，接下来我的生活会不得安宁。

7 >>>

首先让我活得不安宁的人，我没想到，是钱灿灿。

她妈妈不知道是不是在和我奶奶靠拢，居然张罗着给她相亲，钱灿灿家以前属于暴发一族，在爷爷辈都生活在乡下，他爸爸在城里不知道靠走私手表还是什么东西发了财，转转停停地开了几个店，那时候市场也比较好，就发迹了。但是他们那一代人的思维依然守旧，觉得女孩子24岁没嫁人基本上只能找二婚的了。

自从钱灿灿和她妈妈回了趟老家见了七大姑八大姨之后，人人都说："灿灿啊，这么大了，什么时候结婚啊？"

钱灿灿没把这事儿放心上，倒是她妈妈急得满世界找朋友介绍对象。

"怎么办，苏苏姐？我妈说我明天必须去，不去就和我断绝母女关系。"

"那你就老实交代你有男朋友了呗。"

"什么男朋友啊，我和Eric还只是普通朋友。"钱灿灿垂头丧气。

钱灿灿这么多年不是没交过男朋友，但是回回都谈不到三个月，钱灿灿就把人家甩了，不是说人家长得不好看，就是说人家个子太矮，等到长相、身高、人品没得挑剔了，非鸡蛋里挑骨头地说他喝汤的姿势太丑。

说到底就是不够爱，如果真正爱一个人，他就是缺了一颗牙，手指有点歪，头发地中海，你都觉得他无与伦比的可爱。

这一回，钱灿灿可能真的遇到真爱了，能够卑躬屈膝地去迁就一个人，在他身边做默默无闻的小兵，为他放弃周围的桃花。

这充分说明，丘比特正在对她宣告，她爱上了他。

我站在窗台上给含羞草浇水："小妞，你要加油了，爱情最重要的是时机。"

钱灿灿很有活力地点点头说："苏苏姐，我一定会向你学习的，拿出你当年挖沈艺彤墙脚的气势把Eric挖到手。"

我给含羞草浇水的手扭了一下，钱灿灿意识到自己说话不当，立马转弯："苏苏姐，为了你妹妹的幸福，明天晚上相亲，你帮我去吧。"

我手里握着的水杯直接砸到了含羞草上，我急忙去捡："我替你去，你有没有搞错啊？你不是不知道我行程表有多满，你不是不知道我现在是代班妈妈，我手上还有一枚脱不下来的戒指呢。"

钱灿灿笑吟吟地拍拍我的肩膀："我查过你行程表了，明天晚上你有时间。再说，我就是要你这么专业的临时演员代我前去啊，连脚本我都帮你想好了，你先随便整出两个恐怖造型让他视觉吐血，再言语放荡轻佻或者粗俗让他听觉吐血，他再对你苦苦痴缠你就亮出你的戒指让他思维吐血，反正怎么吐血怎么来，什么不靠谱说什么，Take it easy。”

我为钱灿灿的脚本感到惊奇："你是不是在电视台待久了看多了法制社会，案件聚焦啊？"

"学了一点皮毛。"钱灿灿在此刻表现得很谦虚。

"这么精彩的戏码你自己怎么不去演？"

"你干了那么久临时演员，演技肯定比我好啊，再说我是导演，我幕后操控就好了。"

"我不去。"我没兴趣参加钱灿灿这种无聊的游戏。

钱灿灿微笑着把玩果子床头的一只机器猫小挂链，像是不经意地换了个话题问："苏苏姐，你认得安可演奏会那天抱你去医院的人吗？"

我一瞬间头皮开始发麻，正准备要喝水的姿势停了停，小心翼翼地说："不认得。"

"这可是我们景大近来最热门话题哦。"她捏了捏机器猫的脸。

"是……是吗？"我开始有点感觉恐怖。

"虽然我不知道你和他是什么关系，但是据我对帅哥深刻的洞察能力，我还是能准确地判断出，他就是我们英俊无比、帅气逼人的方老师哟……"

我用力地握紧了手中的水杯，看着眼前的钱灿灿，静待她后续的言语。

她停止了捏机器猫头的动作，对我粲然一笑："苏苏姐，你看这则新闻够不够我们这所巴掌大学校的几万人热血沸腾呢？"

我把手里的水杯狠狠地往桌子上一放，猛地从凳子上站起来，咬牙切齿地说了一句："把你相亲的时间、地点、暗号告诉我。"

8 》》

上帝创造了女人，还让她们成为好朋友，其目的，就是要她们互相整蛊。

当我戴着一顶向剧组借的绿色短发头套，化上一个连我自己都认不出的妆，穿上一身奇装异服出现在景光鼎鼎有名的日本餐厅门口的时候，吸引了无数人包括周围巡逻警察的目光。

我有信心，这种视觉上的吐血，足以让对方在见到我的一瞬间吃不下任何东西。

我踩着正步朝里面走，寻找桌子上会放一本亦舒小说的人。

来之前，我想过，他会放亦舒的哪本小说，是最出名的那本教导女人傍大款也要体面的《喜宝》？还是那本告诉我们失去的东西其实从未真正属于你的《玫瑰的故事》？

当我看到他桌子上放着一本冷门的《迷迭香》的时候，Eric的笑容让我觉得自己走错了餐厅。

"怎么是你？"我的惊讶声让周围的客人都朝我这里看来。

"这应该是我问你吧？灿灿呢？"Eric给我倒茶。

"她正在幕后……指挥。"

Eric笑了："这丫头，没想到真是她，我干妈说给我介绍个女朋友，开始我还以为是同名同姓。"

"如果灿灿知道和她相亲的人是你，我真怕她会因为没来而自责得自残。"我松口气，放下内心的武装。

　　"你也不用打扮成这个样子吧？我差点没认出来。"Eric点了一份烤鳗鱼，一碟寿司，一碟生鱼片，和一碗料很足的味噌汤。

　　"还不是灿灿的脚本啊，说要让对方从视觉上、听觉上、思维上集体吐血，我才作了这么大牺牲。"

　　"她这个小丫头，不想相亲，居然能想出这么有趣的招数。"

　　"她想这招数还不是为了你！"我先把汤端过来喝。

　　Eric若有所思地看着我右手戴着的戒指："你和少顷真的在一起了吗？"

　　我看看手上的戒指："是道具，暂时放我这儿戴一阵子，方少顷雇我做谦谦的假妈妈，让他在学校不被同学欺负。"

　　"假妈妈？"

　　"很瞎吧？我也觉得很瞎，但就是事实。"日本餐厅的菜真好吃，加上我饿了一天弄造型，吃起来也不顾什么形象了。

　　"你的神态和声音真的和千灵好像。"

　　"千灵？"

　　"谦谦的妈妈，我的妹妹。"

　　"方少顷死去的老婆？"我抬了抬头，很顺地接了一句。和方少顷接触中总觉得他把我当成另一个人，想必就是这个千灵。

　　"算是，也不算是。"

　　"什么意思？"

　　Eric抿了一口茶，停顿了一下："他们没结婚。千灵生下孩子就去世了。"

"她是你妹妹，你今年二十八，那她几岁生的孩子？"

"十八。"

"作孽啊，没想到方少顷居然诱拐未成年少女。"我谴责这种社会败类。

"她怀孕我们都不知道，她自己去乡下偷偷生的。"Eric搅拌眼前的豆腐汤。

"什么？偷偷？生孩子又不是买菜，还能偷偷？你们家里父母不管吗？"

"千灵不是我妈妈生的。"Eric的脸上有一种复杂的情绪，"她是我爸爸外面的女人的孩子。她十三岁之前和她妈妈生活在一起，她妈妈死了之后才搬到我们家来和我们住，所以……我妈妈并不太喜欢她。"

"啧啧啧，现代版的灰姑娘，你妈妈是不是往死里虐待她？"不知为何，和他说话很无拘无束。

Eric盯着我面前的一盘寿司，怀着愧疚回答："其实我也不知道她过得好不好，她来的那一年，我已经出国了，只有放假回来看她一两次。她很文静，不爱说话，走路总是静悄悄的，我带她去吃饭，她总是先喝汤，笑起来很恬静，却总会让人觉得心酸。"

我静下来，听他和我描述一个素未谋面的少女，从他的言语中，我能断定这个少女生前一定很命苦。

"我们也不知道她是什么时候和少顷好上的，只是听我妈妈说她怀了孩子之后偷偷跑到乡下去把孩子生了下来，后来难产死了，死前她托她一个朋友把孩子带给了少顷。"

十八岁就这样香消玉殒了，真可惜。

"你见过谦谦，你应该知道，这个孩子，有比别的孩子多太多的孤独，静的时候可以一整天不说话，一个人把积木堆得很高很高，瞬间推倒再把它重新搭起来。他的孤独像是与生俱来，和千灵一样表面上若无其事，其实内心比任何人都要敏感纤细。"

"那方少顷应该很爱她吧？可怜的女孩儿总是容易得到男生的疼惜。"

"他们的事情，我并不清楚，那时候，我们都以为少顷是和千沫在一起的，少顷那时候从美国来清榕度假，他们家的老房子由于搬迁，已经很久没有人住了。我父母怕他不方便，就邀请他到我们家来住。千沫很喜欢他，大家都知道，也觉得他们很般配，他也没有否认过这件事，但是怎么样和千灵在一起的，我也不知道。我知道的时候，千灵已经……我也不知道怎么突然和你说了这么多。看到你，就有一种熟悉感，不知不觉说了这么多。"

"我和她长得很像？"我问道。

"不，两张完全不同的脸孔，只是神态和声音非常的相似。"

我看了看桌子上那本亦舒的《迷迭香》，开玩笑地说："或许我中了迷迭香，变成了另外一个人。"

Eric莞尔："你还是你，或许是我想太多了。"

我突然想起我此行的目的，于是开始帮钱灿灿做说客。

"你知道吗，灿灿很喜欢你。"

Eric抬起头诧异地说："这个还真不知道。"

"是她掩饰得太好，还是你反应迟钝啊？一个如花似玉的小姑娘围着你转了几个月，你居然不明白人家的心思。"

Eric优雅地把汤勺放下："明白了又能怎么样？我和她不般配。"

"没试过你怎么知道不般配，灿灿除了讲话粗鲁点，吃饭声音大了点，脑子偶尔短路了点，唱歌走调了点，总体来说还是根正苗红的祖国大好人才。"

Eric的嘴角微微弯了弯，斜斜地靠在椅子上，支着额。

半晌之后，他说："我离过婚。"

逝水流年的青春之痛，
抵死纠缠的回忆之殇。

第六章>>>

被刻骨铭心的爱人伤害一次，
才是最永生难忘的

1 »»

相亲的起因是钱灿灿妈妈有一个远房亲戚的隔壁邻居的表弟的同事的妈妈的牌友，某天打麻将的时候提及钱灿灿终身大事，正好某牌友想到了各方面条件都无可挑剔的Eric，就安排两人见面。

这个牌友就是Eric的干妈。

世界说大很大，说小也就这么小。

钱灿灿妈妈也没听仔细人家在哪个单位工作，只知道是一个虽然二婚但是条件非常好的男人，于是威逼钱灿灿去相亲。哪知道亲没相成，却让我带回了这样一个消息，震得钱灿灿一个晚上没说出话来。

她先是在宿舍里来回地踱步，表现出很踌躇的样子，再对着我的含羞草不停地浇水，表现出很烦躁的样子。

我、紫鱼、果子都不敢惊动她，怕她一发怒，殃及池鱼。最后她从床铺下面拖出她的箱子，把她有一回心血来潮买来补脑的核桃一股脑地都堆在了桌子上。

"他离过婚这件事，你既可以说它是个噩耗，也可以说它是个喜讯。就好比你买了一只股票，在它刚开始下跌的时候你卖掉了，等它跌停的时候你就会庆幸还好自己卖得早。这天底下的人何其多，多一个Eric不多，少一个Eric也不少，没必要为了他想不开。"

我试图开解她。

钱灿灿非常镇定地在拿锤子砸香脆小核桃，一锤一个，散落得满桌子都是，看到能吃的就往嘴里塞，没有了就继续砸。这行为比她捏机器猫来得恐怖得多。

"我早说了，从良不容易，不好的看不上，好的呢，不是同性恋就是二婚。这年头，帅哥都被祸害在青春的路上了。"

紫鱼现在在一家网络公司做PR，我们这间宿舍，除了果子要继续读研，其他没有一个在本专业的范畴里游走。

这群小萝莉，比我小一岁而已，可是心理年龄至少比我大了三岁。

"别灰心了，灿灿，大不了我介绍我老乡给你认识，各方面都挺好，就是有点斗鸡眼。"

"咚……"钱灿灿一个锤子又锤了下来，握着拳问我："苏苏姐，你是怎么接受二婚的……"

我正准备去阳台洗裤子，刚走到门口，就被钱灿灿一句话震得靠在门上。

紫鱼和果子都非常惊讶地看着我："苏苏姐，你什么时候找的男朋友？怎么没告诉我们，是视频里那个抱你的男人吗？"

"对啊，太不够意思了。"

我在心里默默地念了一句："钱灿灿，你是我朋友吗？"

就在这个尴尬的时刻，电话铃声及时地响起，是那首我和方少顷一起弹奏过的钢琴曲。

紫鱼眼明手快地抢了我的电话，看了看来电问："Darling是谁？那个头像好眼熟……"紫鱼近视700度，正好没戴眼镜。

"别闹了。"我想要抢回手机。Darling是上次方少顷自己给自己改的名字。

紫鱼一按接听键，电话那头方少顷略带磁性的声音响起："苏苏，这周五谦谦没课，你周四来接他放学。"

我赶紧把手机抢回来，压低声音说："我知道了。"

"你声音怎么了，好像怪怪的？"

"没……没有……"

果子故意很大声地说："苏苏姐，是不是男朋友，是不是？"

"乱说什么啊？普通朋友。"我急忙辩解。

我对着手机说："周四我会去的，那先不说了，再见。"

我挂上电话，紫鱼疑惑地说："这声音怎么这么耳熟？是不是我们熟悉的人？"

"我也觉得有点耳熟，好像吧，有点像方老师的声音……"果子像是想起来了。

"方什么方啊？我都没上过他的课，我不认识他、他不认识我的，再说上大课老师都用话筒，变音那么严重，你又怎么能听出来谁是谁。"我急急忙忙解释，不知道能不能蒙混过关。

"方老师有女朋友的，你忘了？电台主播许千沫，他怎么可能和苏苏姐有关系呢？"紫鱼说。

"那也是，方老师条件那么好，看上我也不可能看上苏苏姐……呃……是吧？"果子小声地把后半句说完了。

我没有和果子计较，准备继续洗衣服去。

钱灿灿突然松开了握住锤子的手，走到我面前，把手搭在我的肩膀上，很有英雄气概地说："苏苏姐，谢谢你让我明白了一个道理。"

我拍拍她："想通了就好，还好啥事也没发生，回头还来得及，洗洗睡吧，更好的男人在等待着你。"

钱灿灿点点头："爱一个人没有错，不论他有过怎样的过去。"

我听着有点不对劲："灿灿，你这是怎么了？"

钱灿灿笑了笑："经过这件事我更加了解我对Eric的爱有多深，我不在乎他离了婚，也不在乎他是几婚，总之他现在是单身就行。"

"你的意思是？"我有点不解，这小妞好像，似乎……

"祝福妹妹吧，请深深地祝福你灿灿妹妹寻找到她的幸福吧。"

只听见紫鱼和果子的脑袋双双倒在电脑键盘上的声音，铿锵有力，阳台的风很凉，我摸了摸钱灿灿的头，说了一句："没发烧啊……"

2 》》

事实证明，恋爱的女人是疯狂的，当钱灿灿提出让我找借口约会方少顷，顺便把Eric也约出来的时候，我就知道，这个女人已经病入膏肓。

她设计了最新的脚本：让方少顷约Eric带小帅哥去游乐场。去的那天再带上我们两个，成全他们第一次游乐场的约会。

脚本设想得很美，但为什么每次都要让我做炮灰？

我明明从周一兼职到周五，周六难得休息一天，周日还要继续当差，如此辛苦，为什么要让我在一周难得休息一天的时间出来做免费红娘？

我很委屈地趴在床上假装很受伤。

"期待一个好日子，工作不需我操心……"我在哼孙燕姿的歌，无视钱灿灿的提议。

她从她的床上一个飞身跳到我的床上，学我趴着，侧着头和我撒娇："好姐姐，帮帮我嘛。"

我斩钉截铁地摇头："你和Eric天天电视台相对还不够，非要拉上我做什么？"

"人家害羞嘛……"

我笑得眼睛都弯了："你害羞还有谁开放啊，请你翻翻你的记忆库，大一的时候当着全院师生的面站在篮球看台上大喊，'乔枫学长我爱你'；大一下学期穿个超短裙挥着小花球冲着邻校校草狂喊，'林学长，我永远喜欢你'；大二下学期，伪装成女排队员在男排1号手上留电话号码……一桩桩一件件已经充分体现出你是一个不怕丢脸的新时代女性了……"

钱灿灿咬牙切齿地站起来，按着我的肩膀问："你到底帮不帮？"

我也坐起来："不帮。"

"很好。"钱灿灿一弯腰，顺手拿起果子的机器猫公仔，嘴角浮起一丝让我感到恐慌的笑容，上一次那一幕如此清晰地出现在我的眼前。

"苏苏姐，你知道最近我们学校新的热门话题是什么吗？"

"不就是说旧音乐楼有鬼嘛，有人看到第三琴房有人在给鬼烧纸钱呢。"果子说。

"不止不止，听说听到两个人在弹琴，曲子凄楚得很，不知道是人是鬼。"紫鱼也说。

我靠在墙壁上，看钱灿灿捏着机器猫的脑袋，恐慌感阵阵袭来。

钱灿灿看着我说："那天我和几个师弟去那琴房考察，结果被我捡到了一只绿色的耳环⋯⋯"她看了看我这两天空空的耳朵，我下意识地摸了摸我的耳朵，难怪我一直找不到那只耳环，原来那天掉了。

"绿色耳环嘛，很多人都有。"我强辩。

"可是，那耳环是卡卡猫家年度限量版的呢。内侧还有刻名字缩写⋯⋯"

这对翠绿色的翡翠耳环是我去年生日时钱灿灿买给我的，她自然比谁都熟悉。

"什么缩写什么缩写，快说说⋯⋯"果子很有兴趣地问。

钱灿灿假装思索地摸着头："我想想啊，开头字母好像是X⋯⋯"

我抚了抚跳动的心脏，无力地靠在墙上举双手投降："我帮你约还不行吗？"

出来玩，迟早是要还的，我明白了这句真理。

两行清泪在我的心中默默流下。

3 >>>

方少顷对我主动约他和小帅哥去游乐场感到不可思议，但还是爽快地答应了。

最后我吞吞吐吐地说了一句："能不能麻烦你顺便约一下Eric？"

"你又在搞什么鬼？"

"我没有搞鬼，我只是受人之托。"

"谁？"

"钱灿灿。"

"她喜欢Eric？"

"何止喜欢，简直爱到发疯。她软硬兼施，威逼利诱，我毫无办法，只好请你帮忙。"

"你也只有这时候才会想起我。"他笑了笑。

"很为难吗？"我小心询问，很怕他拒绝。

"不，没问题。这周六，游乐场见。"

"谢谢你，你总是这么好。"

电话那头只有他微微的笑声，我挂了电话，下楼去提开水。方少顷总是这样善解人意，除了初时强硬不给我改分数之外，多数时候还是顺着我。

我站在开水房灌开水，水漫上来也没有察觉，直到有人帮我关了开关，我才回过神来。

"当心！"安可的声音随着一声吃痛的尾音传到我的耳朵里。

他皱着眉头，看着自己红肿的手，压抑地咬着自己的唇。

"你还是这么喜欢开小差。"他的声音有些责备。

我想起初入学的冬天，我就是经常在开水房里怔怔地想事情，想一些原本应该很明朗却被时间一点点阻隔在我不熟悉的时光之外的事情，那个时候我和安可并不算熟稔，至少在我的记忆中他只是一个我认识的小弟弟而已。

可是，他却总说我："你这么爱发愣，好像全世界都不在你眼中。"

当时我是想笑的，哪里来的全世界，就是一个小小的学校，都能让我望着出神许久。

"你怎么会来？"

"学校邀我回来参加一个座谈。"他淡淡地应道。

我放下开水瓶，拿起安可的手看了看："我去给你买点药。在水房前的樟树下等我。"

他没有应答，轻轻地点了一下头。

天色有点黑，水房里传来滴答滴答的声音，就好像他在两年前的校园角落里，冲我招手，对我喊："苏苏姐，我在这儿等你啊。"周围的人频频侧目，他不管不顾。

这暗淡的夜色让我假装忘了他已经离开许久。

从隔壁超市里拿了烫伤膏出来，远远地看到安可背着小提琴站在水房前的樟树下，手微微攀附在树干上，头微微上扬，像是仰望树顶上的星光。

这棵树，安可曾经在上面刻上我们的名字，那是在我们重逢的第一年，他拉我来这里，告诉我："这棵树，我在十六岁时，就把我和你的名字刻在上面，我想等它长大了，我们的爱情也就成长了。我就可以和你在一起，好好地爱你了。"

有一刻我真的以为他又回来了，回到我身边来，站在樟树下，等我。

风吹来，醍醐灌顶的清醒，时光变迁，他再也不是大一时候那个会等我的林安可了。

我走过去，恢复冰冷的脸孔，将烫伤膏递给他："给。"

他没有直接回应我，只是问我："你身体好些了吗？医生有没有检查仔细？"声音那样深切。

"完全康复了，谢谢关心。"我疏离地回答。

"你看这棵树，已经长得这么大了。"他又把焦点转移到旁边的香樟树上，"这是学校里的第十七棵树，这个位置，抬头正好能看到你宿舍头顶的星光。"他的声音幽静得可怕。红肿的手，就那样生生地出现在我眼前。

我不忍心，把药膏拿出来，给他抹上。

"我十六岁的时候，有一次爬到这棵树上，你急得在树下一直喊我下来，你的声音焦急又动听，你喊我，安可，安可，那时，我真想一辈子就挂在树上不下来了，让你永远担心我。"

他的十六岁，我的十七岁，可是那时，究竟出现过什么？

"你现在说这些，又有什么意义？你是要来告诉我，你后悔离开我？还是要来告诉我，你对我仍念着旧情？"

安可摇摇头："我只是偶尔想起你，想看看你过得好不好。"

"我过得好不好，与你有什么干系？"

他静静地看着我问："有空的时候，你还会来看它吗？"

"看它，又有什么意义？"我把剩下的烫伤膏放在安可的手心里，"安可，从你站在我面前拉着别的女人的手对我说你爱的从来不是我的那一天开始，我们之间就不存在任何继续的可能，我不是沈艺彤，年年如一日地守在原地等你，你走了，我也走了，你回来，我却已经走远了。自己选择的路再后悔都要把它走完，再艰难，咬咬牙，人的忍耐有时候超乎自己的想象。"

安可看着我的脸，带着一种我从未见过的陌生感，他的手指落在我的脸颊上，有长年弹琴落下的粗糙感，却是我熟悉的厚度。

"你有了新的爱人，你说话如此残忍，你不再是曾经那个薛流苏了。"他放下手，轻轻微笑，是冷淡的，"我以为这就是我期望的好，我以为时间会让我忘了过去，可是我只要一踏进这里，总会不自觉地走近我们曾经去过的地方，一遍一遍地找寻，虽然我知道，我什么都找不到了。"

"林安可，你还想找什么？你答应过我你要把过去都忘了的。"沈艺彤的声音无时不在，仿佛鬼魅。

她穿一身红衣，杏眼明仁，耳边挂着两颗红石榴的耳环，即使在这样深的夜，也不忘画上完美的妆容。以前我非常羡慕她，我觉得她有一种娇嫩丰盈的气质，站在人群中显得周遭尽是残花败柳，哪怕眼神蒙眬、惺忪，都能隐约露出一股芳菲妩媚的气息，我就是修炼个上百年都比不上她一根手指。

钱灿灿曾经问过安可喜欢我什么，安可微微一笑看着我打趣地说："喜欢她出其不意呗。"

其实我不用问林安可喜欢沈艺彤哪里，因为我挑不出他应该不喜欢她哪里，在我看来，沈艺彤哪里都好。

和安可分手之后，我终于发现沈艺彤有一个致命的缺点，就是缺乏修养。

比如现在。

她抓着林安可，面朝我："薛流苏，摔都摔不死你，你的命还真硬。"

"承你吉言，身体比以前更好了。"

"怎么？在和安可叙旧？"

"我们在研究宇宙洪荒五行八卦，怎么样？你要参与吗？"

"薛流苏，我真同情你，现在除了逞口舌之快，一无所有。"

"那么你呢？连口舌之快都没有，你有什么？"

"我有什么？哼。"她一把拉过林安可，"我有安可，只有这一样，我就压死你。"

我突然平息了之前面对沈艺彤时仅存的一点点自卑感。

把自己男朋友当做耀武扬威的武器，实在不算多有修养。真正有修养的女人，她的内心装着足够多的智慧和财富，因为拥有，从来就不怕失去，更不会在大庭广众之下显山露水，急于凸显，这和满身挂着金戒指、金项链，穿着印有名牌LOGO的暴发户有何不同？

如果不是曾经内心太过贫穷，又怎会在后来拥有的时候，恨不得全世界都知道她如今的富庶？

我想完一遍，简直神清气爽，笑着回答："那就带着你能压死我的宝贝过你的幸福生活去吧。"

"你别说一套做一套，阴魂不散地总来缠着安可。"

我好笑至极："你别让你家宝贝总在我的世界里不停地摇晃，我就谢天谢地了。"

"你……"

我冲他们挥手："拜拜。"

我和安可分手之后，除了钱灿灿基本上没有人能吵架吵赢我，沈艺彤每次和我正面交锋，无一例外地败下阵来，最后都以"你……"告终，这次也没有例外。

但是她的出现，让我清楚地明白，眼前的人不再是两年前给我温暖、说要带给我一生幸福的林安可，他是另一个女人的未婚夫，他们男才女貌，他们曾共同伤害我。我的心再也无法承受多一次的悲痛。

刻骨铭心地爱一个人并不是最可怕的，被刻骨铭心的爱人伤害一次的恐惧，才是最永生难忘的。

我的心里容不下背叛，它是一道枷锁，锁住了我那颗曾经因为分离而想爱的心。

提着热水瓶回宿舍的路上，我望着天空的星光，光芒璀璨依旧，第十七棵樟树下可以遥望的星光也是这一样清远和忧伤吗？

我不忍心揭开记忆里的伤疤，就让它永远停留在那一刻的幽怨和微凉中。

4 »»

游乐场周一到周六人满为患，气球、风车、卡通、玩偶琳琅满目。大人、孩童、情侣，小到五六岁，大到五六十岁，都不愿脱离这展示青春的场所。

钱灿灿打扮得花枝招展，纤长的睫毛，莹白色的眼线，眼窝深处金亮的粉，玲珑的鼻子用光粉刷得颇有立体感，嘴唇薄薄地涂上一层唇蜜，搭配一身轻盈的软绒裙子，鹿茸帽子，尤显得粉妆玉琢般可爱。

我脂粉未施，只是随意选了一件长袖衬衫和牛仔裤，耳朵上是梵克雅宝的耳钉，这还是爸爸去世前从巴黎给我买回来的珍稀宝贝，我一直保存至今。

Eric拉着小帅哥从方少顷的奔驰上下来的时候，钱灿灿露出了女孩子害羞的表情。

我拉着她走上去，对Eric说：“这么巧啊？”根本此地无银。

Eric也不说破，只是顺着我：“真巧啊，那我们一起吧。”

钱灿灿在旁边欢愉地点点头，倒是小帅哥抬起头天真地问了一句：“姐姐，你们不是特意在这里等我们的吗？”

真是杀风景的小东西，我拍拍他的脑袋："爸爸呢？"

"我在这儿。"方少顷走过来，他今天一身白衣白裤，运动球鞋，头发并不像平时一样梳得一丝不苟，倒有一些凌乱，却显得年轻了许多岁，只是腕间一块劳力士透露出了他的心理年龄。

"没想到方老师也有这么青春的一面。"钱灿灿说道。

"雄鹰为了和燕子齐飞，只好打扮成燕子的模样。"Eric从旁插话。

方少顷瞪他，再转过来问我："是不是真的不适合我的年龄？"

我笑一笑，夸赞道："很好。"

"果然情人眼里出西施。"钱灿灿也笑。

"年轻真好。"Eric感叹。

他们倒是合拍得很，我看方少顷一眼说："五个人一组有点多，要不你们两个一组，我们三个一组，大家6点在门口集合吧。"

"苏苏姐，我们不是说好了一起吗？"钱灿灿表现得很为难。我真想笑。

还是Eric大方："既然如此，我们6点在这儿集合吧。"

他们两个领了我们手里的两张票先入场，我真心祝愿他们能有结果，不要再来麻烦我了。

小帅哥张开手臂对我喊："妈妈，抱抱。"

"这么大了还要人抱，羞不羞？"说归说，我依然低下身去将他抱起。

方少顷只是站在一旁看我们，眼里含着淡淡的笑。

进去的时候我问他："你是怎么说动Eric的？"

"你怎么不相信他是自愿来的呢？"

"虽然我与他不是很相熟，但是直觉告诉我他并不好请。"

方少顷微微低头，捏着手里的三张票："你倒是很了解他。"

我想再问，他就指着一个云霄飞车说："苏苏，我们玩这个吧？"

我直接头晕目眩。

5 >>>

最后一次来游乐场是大一的时候学校组织元旦晚会，有学生家是开游乐场的，于是借了场地来举办元旦晚会。

那一年一切重新开始，表面一团和美，包括我们四个人的感情。

我是被钱灿灿拉着去的，安可和沈艺彤作为表演者，是众人瞩目的焦点。

我一个人在游乐场漫步，听着远处笙歌欢腾，好不热闹。

我坐在一个藤萝架下，倚着一根方形柱子，入夜的风阵阵的凉，我裹紧了身上的红色小袄。

安可突然站在我旁边，拿着一支星星棒，打开打火机，点燃，星星棒瞬间炸开锦簇般的花，和他的眼眸一样灿若星光。

他笑一笑："没想到游乐场还有这样的休息地。"

我颔首："没想到你也会找得到。"

"有你的地方，我都能找得到。"星星棒的烟花灭了，零星几点花火垂死挣扎。

我想说点什么，沈艺彤从远处跑来，亲昵地挽住安可的手臂："你怎么在这儿啊？快要表演了。"

安可望了我一眼，就跟着沈艺彤走了。

我蹲在地上把刚才烧尽的星星棒拿起来，用手摸了摸末端，还有一点点余温烧到指尖，有些灼热。

在晚会结束后，钱灿灿要来坐云霄飞车，她故意和沈艺彤坐在一处，我只好和安可一起。黑夜里，耳边是呼呼的风声，我的头发肆意飞散，鞋子脱落了一半，安可紧紧地握住了我的手，一直到最后才慢慢松开。

手是传递爱情的最重要的部分，它直通心里，它诉说心声，它坚定地让我认清我心底的那份挣扎叫做爱情。

故事一开始，我不愿意触碰这块美玉，安可于我，就是一块蓝田美玉，我只想远远观望，念着他的好，看他得到幸福。

如此这般。

我容忍、克制。午夜梦回想起那一双如鹿一般纯澈的眼睛看着我，我觉得那就是我要不起的爱。

可是故事的后来，是我得到了美玉，又失去了他。

原来，黄粱美梦，才是痛苦。

6 》》

我拒绝坐云霄飞车，小帅哥可怜巴巴地望着我，恳求道："妈妈，就一次，就一次好不好？"

我摇头："叫妈妈也不管用，不行就是不行。"

"妈妈，你又不爱宝宝了。"他眼眶蓄满眼泪，目光晶晶地看着我，像是受了天大的委屈。

我妥协一步："那你和爸爸坐，妈妈在下面等你。"

"我不，我要三个人一起坐。"小帅哥态度很坚决，说完还抽抽鼻子。

方少顷也来做说客："谦谦一直希望他妈妈能陪他坐一次云霄飞车，你就和他坐一下吧。"

两大帅哥都这样期待地看着我，让人毫无招架之力，我只好点头同意。

扣上安全带，我还是怕得直发抖，方少顷紧紧地握住我的手："苏苏，别怕，我们都在。"

小帅哥也握住我的手："妈妈，别怕，我和爸爸都在你身边。"

对白真温馨，害得我差点以为我真是他的妈妈了。

开始转圈的时候，听到此起彼伏的尖叫，我的头发在风中凌乱，我却没有叫出声来，我听到方少顷在空中喊："苏苏，我爱你。"

小帅哥稚嫩的声音也喊着："妈妈，宝宝爱你。"

不知怎的突然感觉鼻子发酸。

下来之后我惊魂未定，方少顷在帮小帅哥解扣子。

身后有一堆人窃窃私语："刚才谁喊我爱你啊，真他妈浪漫。"

"声音有点熟，我在哪里听过……"另一个说。

有人拍拍我："流苏，是你吗？"

"肖学长……"肖清墨的脸出现在我眼前，他的身后涌现了一批新闻部的人，我以前和钱灿灿去过新闻部几次，见过他们。

我有不祥的预感。

"我就说刚才谁在喊苏苏我爱你，我还想不会是我认识的这个苏苏吧？"

我想说，不是我，绝对不是我，可是方少顷拉着小帅哥从后面走过来，一把搂住我说："刚才让你见笑了，不好意思。"

有女生在后面尖叫："方老师？"

他微微一笑，清俊儒雅的学者气质又出来了。

"流苏，这位是？"

他淡淡地抿了抿嘴，说道："你好，我是景光大学西方经济学代课老师方少顷，苏苏的男朋友。"

只听见一片抽气的声音，我知道我接下去又要成为学校BBS热门人物了。

"幸会，幸会。我是景大新闻系大四的学生肖清墨。"肖清墨赶紧伸手一握，"我在电台实习时就久闻你的大名了。"

这大名应该是和美丽主播许千沫有关。

"外界新闻总是不按事实报道。你们搞新闻的应该比较了解。"

"确实确实，八卦消息的失真程度真是过分离谱。"肖清墨说完看了我一眼。

小帅哥拉拉方少顷的衣角："爸爸，还不走啊？我饿了。"

肖清墨低头看到小帅哥："小朋友好可爱。"

众人把疑惑的目光落在小帅哥的身上，所有人都不知道方少顷有个孩子。

我也有些期待地看他怎么回答。

只见他一把抱起小帅哥，面向大家，很随意地说了一句："我儿子，五岁了。"

电光火石间，我看到大家脸上云谲波诡的表情和刚才云霄飞车上的尖叫声一样，此起彼伏。

我估计从明天开始，学校里方少顷的爱慕者将会缩减一半以上。

7 》》

钱灿灿从游乐场欢天喜地出来的时候，正赶上我垂头丧气的样子。

我堵上了钱灿灿的嘴，却无法堵住整个新闻部的人十几张嘴，这是学校最具渲染力和号召力的族群，祖国未来的狗仔，明星未来的天敌，他们有一传十、十传百的能力，威力相当恐怖。

"怎么了？"钱灿灿问。

"我遇到老肖了。"

钱灿灿一惊："他看到方老师了吗？"

我点头。

"老肖好对付，我明天和他说说，让他帮你保密。"

"整个新闻部的人都来了。"

钱灿灿沉默了三秒钟问："他们看到方老师了吗？"

我点头。

"你说了什么没？"

"我一句话都没说。"

钱灿灿松了口气："那你怕什么？你就说你和方老师在游乐场偶遇嘛。"

"来不及了。"我绝望地摇摇头。

"为什么？"

"我什么都没说，可是方老师说了。"

"他说什么了？"

"他说他是我男朋友。"

钱灿灿彻底地沉默了。

之后我决定今天回家住，明天直接奔赴片场，我真怕明天一睁开眼，被所有人的询问搞得昏天暗地。

钱灿灿临别时只给了我一句话："既然发生了，就顺其自然吧。苏苏姐，你什么大风大浪没见过，千万别倒下。"

我不会倒，我只是不知道如何面对明天。

8 >>>

方少顷把我送到家门口，下车之前方少顷拉住我的胳膊。

"做我女朋友，真的这么困难吗？"他问我。

我看着他的眼睛，里面充满了挣扎和痛苦。

"你太好了，少顷。"我咬咬唇，"就是因为你太好了，我们根本不相配，你有钱、有身份、有地位，长得又好，我性格暴躁，说话粗鲁，温柔没有，体贴不会，唯一一点就是我能和你儿子相处融洽。如果只是因为我和谦谦妈妈神态相似，你要找一个让谦谦接受的妈妈所以选了我，那这样的爱不是我要的。"

"苏苏。"他突然抱紧我，"你要我怎么说才明白，我爱你，到现在我才知道，我是爱你的，我就怕我爱得晚了，你不再给我这个机会了。"

"那谦谦妈妈呢？你爱她吗？"

他看我一眼，问："你在乎这个问题？"

"如果你有爱的人又怎么可以背叛她的爱？"

小帅哥揉揉眼睛："爸爸，妈妈，你们在吵什么？"

他的目光平静，缓缓地松开拉我胳膊的手，抱过小帅哥说："我们没有吵架，爸爸只是在告诉妈妈，爸爸很爱她。"

小帅哥凑过来，亲了我一下，小声地说："妈妈，我也爱你。"

心里有个地方被狠狠地触碰了一下，让我那么感动。

9 》》》

我慢慢地走进回家的巷子，天空落了一点点毛毛雨，在家门口，我看到了许千沫。

她撑着一把青蓝色的伞，皓如凝脂的肌肤在墨黑色的夜色中透着光芒，长长的发垂落腰际，清眸流盼的瞬间，充满对这个尘世的哀愁。

她太美了，美到让世界上的花都羞于开放。

我自惭形秽，换成谁，都不能理解方少顷舍明珠而取石砾的做法。

"你好。"她的声音婉转动听。

我不知道她来找我的目的是什么，但是出于礼貌，我说："进屋里说吧。"

她拒绝："就在外面坐坐吧。"她指了指不远处一个卖馄饨面的小摊。

我随她走到馄饨面摊，点了两碗馄饨面，我并不拘束，在馄饨面上铺上干紫菜、虾米、醋、辣椒，拌了之后就开始吃了起来。

"你真像千灵，难怪少顷会找你。"她看着我的吃相道。

这已经是我第三次听到有人说我像许千灵，十八岁就香消玉殒的女孩儿。

"你连习惯、爱好、微笑的神情，都和她一模一样。"许千沫没有吃馄饨，只是拿着调羹微微地搅拌面前的食物，仿佛那是一盘经典的菜肴。

　　"我听Eric说过。"我并不惊讶。

　　"少顷有和你提过她吗？"

　　"偶尔。"

　　"你知道她是怎么死的吗？"

　　"Eric说千灵是难产死的。"

　　"这只是故事的一部分。"她把双手握在一起，"你想听我和你说这个故事吗？"

　　"我不想。"我说。

　　"为什么？"她很吃惊。

　　"我有预感，这不是一个好故事。"

　　"你比千灵聪明。"她暖暖一笑，"但是作为方少顷现在的女朋友，我想有些事，你应该知道比较好。"

　　"你也认为我是他女朋友？"

　　"难道不是？"

　　"那好吧，这个原因足以让我听下去，请说。"

　　她的声音遥远，像是从丛林传来，"我二十岁的时候千灵十七岁，少顷来我家度假，我们很快就确定了恋爱关系。那时候我在读大学，追求者非常多，心高气傲，不懂得迁就忍让，经常和少顷吵架。有一回，我们班一个男同学送我一条项链，正好被少顷看到了，我们大吵了一架，他为了报复我，就故意和千灵好上了，两个人还发生了关系，这对我来说算是重重的打击，但是从那之后我也意识到我自己的过错，没多久我们俩又和好如初。千灵也是个苦命的女孩儿，妈妈死得早，在我们家，我妈也对她不好，她怀孕了之后不敢告诉父母，先是告诉了少顷，少顷和我商量，让她把孩子打掉，她开始很偏犟，死活不肯，但是在我们好言相劝之下，她就同意了。这期间她说她要去乡下住一段时间，我们以为她刚打了孩子心情不好，就给了她一大笔钱让她自己去了，我们还给她办了一年的休学手续，可是过了九个月，我们接到她一个朋友的电话，说她难产死了，我们都很震惊。特别是少顷，他非常愧疚，带着谦谦去了美国，还和我分了手，说对不起千灵。"

许千沫开始哭，眼泪落在她美丽的容颜上，让人不忍。

"我和少顷非常相爱，可是因为千灵的死，我们中间总有一个跨不过去的坎。我知道他很痛苦，我也很痛苦，我们都对不起千灵。"她说话的声音已经微微抽搐，我仿佛在听一部精彩的小说那样震惊。

她拿出手帕，擦了擦眼泪，伸手过来握住我的手。我的心没来由地颤抖了一下，是一种深深的恐惧。

"薛小姐，少顷之所以会喜欢你，是想把对千灵的愧疚弥补到你身上。"

我抽回手："所以你是想告诉我，其实方少顷并不爱我，他只是想让他自己的内心好过点而已。"

"对不起，薛小姐，这件事我不想让你做受害者，我怕你步入千灵的后尘。"她的声音柔柔弱弱，对方少顷的爱真真切切。

我站起来，强忍住内心的波动对她说："许主播，谢谢你告诉我这一切。"

在关上门的一刹那，我突然有种苍白无力的感觉，幸福好像才刚刚开始，就突然都被打回原点。

自从认识方少顷，我的生活就再也简单不起来，他重新给了我希望和爱情，也给了我巨大的失落和猜忌。

10 >>>

在片场待了两天，手机没开，学校没回。

没拍戏的时候，我坐在片场外的椅子上数窗户上的格子，从日出到日落，从天明到天黑。

晚上睡不着，走到大厅中间给爸爸上香。爸爸慈祥的笑脸还挂在正厅里，他看上去只像三十几岁那般年轻。他在世的时候，常常在夜里坐在大厅里抽烟，对着我的照片发愣，我走近了，他就把照片收起来，喊我："苏苏。"

我喜欢这个名字，流苏，是一个摆，是一排晃动，是一种摇曳。所有的画面都在脑海里生成，仿佛随风而逝。

"苏苏……"我惊了一下，不知是谁在喊我。我转身，和妈妈撞了个满怀。

"别怕，是妈妈。"她扶住我，拉开了大厅的灯。

"我以为是鬼呢，真吓人。"

"别胡说，哪里来的鬼？"妈妈拉着我，"坐。"

我们坐在椅子上，我靠在妈妈怀里，她的身上香香软软的，她的手粗糙却很温暖，这是妈妈的感觉，我已经许久不曾靠在她的怀里和她静静地说话了。

"苏苏，这两年，难为你了，妈妈看你这么辛苦，心里真难受。"

"妈，别这么说，我哪里辛苦，这是我应该做的。"

"不，苏苏，这一切本来都不是你该承受的，是妈妈对不起你。"

"作为薛家的一分子，爸爸去世了，这就是我的责任。"

妈妈叹气，这两年，她经常叹气，像爸爸在世的时候一样，仿佛藏了无限心事。

"苏苏，上次来接你的那个男人是不是喜欢你？"

"方老师？"

"他前几天来家里了……"

"他来做什么？"我有点吃惊。

"他说你工作太辛苦了，想把我们家的债还了。"

"你答应了？"

"没有，我知道你不喜欢欠别人的，所以我说要和你商量。"妈妈轻轻地抚摸我的头发，"可是他说和你商量你肯定不会肯的，我想他是真的很喜欢你，才会那么替你着想。"

"他对我……"我深深地叹了一口气，许千沫刚才的话还在我的耳边回荡，"他或许只是想弥补一些愧疚。"

"妈妈不知道你们之间发生了什么，妈妈只是希望能有个人照顾你，给你幸福，妈妈也算对得起你死去的爸爸了。"妈妈说完这句话，眼眶红了。

"妈。"我喉咙哽咽得说不出话来。

躺在床上，听到妈妈重重地踩在木头楼梯上的脚步声，一下，两下，三下……每一声都像是踩在我的心上。

我还会再爱上一个人吗？和爱安可一样爱吗？他会为我遮风挡雨，不让我受半点委屈吗？方少顷，似乎还有许多没有和我说的事，他真的如同许千沫说的那样，对我好只是为了弥补他对许千灵的遗憾吗？

这是一个谜语，我暂时解不开。

我静静地闭上眼睛，耳边反复地出现我和方少顷在琴房弹的那首曲子的旋律，很祥和、很静谧。

我的脑子里突然出现了一张少女的脸，小巧玲珑，含着苦楚的笑，酒窝浅浅的，穿着一身素蓝的裙子，手里提着一只竹编的篮子，站在蔷薇花园，仰望着天空。

她是谁？她怎么会出现在我的脑海里？为什么我看到她，胸口会泛起满腔的凄苦和无奈？

逝水流年的青春之痛，
抵死纠缠的回忆之殇。

第七章>>>

最肉麻的情话

1 »»»

硬着头皮回到学校，路还是那条路，人还是那些人，他们的目光还是那么的波澜不惊。这让我有种走错学校的感觉。

按我对新闻部那一群人的了解，这几天时间，足够他们把整个校园闹得鸡飞狗跳。但是，现在，一切都是安静的，我脑子生成的第一反应是：阴谋，这绝对是个阴谋。

直到钱灿灿拉着我的手和肖清墨坐在学校的餐厅吃泡椒凤爪保证这不是个阴谋的时候，我终于能安心地吃饭了。

"流苏，你放心，我们整个部门发了毒誓，谁如果把你和方老师的事泄露出去，就让他头上长疮，脚底长脓，一辈子找不到老婆或老公，生儿子没头发、没五官、没生育能力，全家连同宠物都不得好死……"肖清墨在旁边说，我差点没吃下饭，钱灿灿直接笑喷了。

"大神，我就奇怪了，方老师到底用了什么手段能让你们对自己这么歹毒？"

肖清墨恐慌地说："这都是我们心甘情愿的，和方老师无关。"

我想笑，但还是憋着。

肖清墨走后，钱灿灿从五只凤爪骨中抬起头来推推我："你和方老师是不是在交往？"

"应该不是吧。"我想了想。

"你们到哪一步了？"

"什么哪一步啊？"

"比如牵牵小手，亲亲小嘴，搂搂抱抱，直接扑倒……"钱灿灿说得眉飞色舞。

"你又发什么骚？"我对什么都知道的萝莉总是很无奈。

"人家好奇嘛，我一直以为你只是吸引林安可那种有恋姐情结的小孩儿，没想到方老师这么高级别的也逃不出你的手掌心。"

"你真是越说越离谱，无聊。"

钱灿灿哈哈笑了笑，又低头吃凤爪，她一般不吃足十个，是不会下桌的。

食堂电视里的娱乐新闻突然切出一个女人的脸：享誉国际的当红名模苏姗将于五月一日抵达本市出席正达集团"落景华苑"竣工剪彩活动，届时正达集团董事长白雅萍女士会举办一场豪华的party，到席人员……

我的目光停在白雅萍的脸上，她大概五十出头，保养得像是只有四十岁，脸非常白，浑身散发出商场女人的精明能干。我不认识她，但是不自觉地被她的目光冻了一下。

"Kao，是她。"钱灿灿丢了手上还剩一指的凤爪，怒气冲冲地说，"这个女人，还有脸回来？"

"你也对白雅萍有兴趣？"难得我和钱灿灿的目光能锁定在同一个人身上。

"什么白雅萍啊？我说的是苏姗。"

"谁是苏姗？"

钱灿灿用一副快要被我打败的表情和我说："拜托你平时也看看电视，现在网络这么发达，随便登录MSN、QQ、Skype都能蹦出苏姗的消息，今天和大明星闹绯闻，明天又被拍到和富商去吃饭。"

"So？这和你这么激动有什么关系？"

"什么关系？"钱灿灿站起来，附在我耳边小声地说，"她就是Eric的前妻。"

电视上正对着苏珊拍出一个特写镜头，杏子红的外套，精致的妆容，尖尖的瓜子脸，不算有多美，但是有一种脱俗的气质和成熟。

真没想到Eric的前妻来头这么大。

"不会吧？怎么没听新闻报道过这件事？"我有点惊讶。

"明星有多少秘密能被我们完全知道啊？就算记者知道了，有时候碍于很多原因还不敢报道，要不然肖清墨刚才和你保证什么，还不是碍于方老师的淫威？"

"那你怎么知道的？"

"我老哥他同学都是跑新闻做报纸杂志的，要知道还不容易。我之前让他们帮我查Eric的前妻，结果把我吓一跳，这个女人在国外待得好好的突然来这里剪彩干吗？"钱灿灿一拍桌子，"不会是来和Eric旧情复燃的吧？完了完了，如果她来了，还有我屁事啊？怎么办怎么办？苏苏姐，怎么办？"钱灿灿一脸焦虑，差点要绕食堂乱窜。

我拍拍钱灿灿："淡定，要淡定。"

"怎么淡定啊？如果你现在跑去和安可复合，你看沈艺彤能不能淡定，不把你挫骨扬灰绝对对不起她自己。"

我真的对钱灿灿的口无遮拦没办法，只好丢去一个白眼，收拾自己的饭盒，准备走人。

钱灿灿拉住我："好啦，苏苏姐，我说错话了，你别和妹妹一般见识。我只是打个比方。"

"谁和你一般见识了？如果要和你计较，我可能也活不到现在了。"我笑着看她。

"我就知道你最大度了，所以麻烦你下次看到方老师的时候帮我打探打探。"

"下次？不知道下次是什么时候。"前几天手机没开机，一开机就看到短信提示几十个未接来电，想回过去，却不知道要说什么，索性继续装乌龟。

我想起许千沫和我说的关于他们的故事，像是一道厚厚的屏障，隔开了我和方少顷的距离。

"你不会和方老师吵架了吧？"

"没有吵架。"

"那是什么问题？"

"我不知道，我还在困惑中。"

"你困惑什么啊？方老师对你那么好。"

"他是对我很好，可那是爱吗？我真的不懂！"

"苏苏姐，你平时挺聪明的，一到感情的事儿你怎么就低智商呢？如果方老师不爱你怎么会那么在意你的一举一动？你去安可演奏会他为什么会出现？还不是因为担心你偷偷跟着你吗？他带你去音乐楼，给你洒柚子水跨火盆这么迷信的事他都肯做又是为什么？我们在游乐场的时候他还在坐云霄飞车的时候高喊'我爱你'，他不爱你他一个三十岁的老男人能做出这么幼稚的行为吗？拜托，你用用脑子。"

连灿灿都能说出这么有哲理的话，难道是我当局者迷？

"真烦啊。"我有点郁闷。

"烦什么，方老师多好一个男人，不收是损失。对了，方老师答应来我们台做节目，这都是你的功劳。"

"什么节目？"

"就是我们栏目新开的'名人访谈'呀，上次你不是让方老师找Eric来游乐场，Eric就拿上节目来交换，没想到方老师竟然同意了，你看看方老师对你多好啊，放着那么漂亮的主播不要，想想都可惜。"

我就觉得Eric是只老狐狸，不会平白无故答应一件事。

"也不知道这件事的始作俑者是谁，还好意思讲？"我瞪了钱灿灿一眼。

"我真的很好奇你是怎么打败许千沫赢得方老师的？教妹妹两招。"钱灿灿不好意思地转移话题。

"教你也没用，你遇到的是一只披着羊皮的狐狸。"

"你怎么这样说Eric！他只是比较聪明。"

"聪明过了头就是狡猾。"

"你很了解他吗？"钱灿灿突然问。

我被她的问题问倒了，仿佛刚才说话的那个人不是薛流苏，而是一个和Eric相熟的人。

方少顷在游乐场说过，你好像很了解Eric，不知道原因，就是某种潜意识的认定。

我瞥见挂在食堂的毕业公演海报，转移话题："这次话剧排演安排得怎么样？"

"我出马你还有什么不放心的。"

我睥睨了一下她："就是你做编剧才让人不放心，我怕我们几个在毕业前夕还留下点心理阴影。"

钱灿灿笑得花枝乱颤："苏苏姐，你太幽默了。妹妹知道你是故意说反话逗我呢。"

我终于沉默了，不想打破这个小萝莉自恋的感觉。

2 »»

我收拾好了饭盒回宿舍。钱灿灿临时被同事叫回去加班，我一个人在校园里随便走走。

午后的校园整片整片的香樟树浸润在浓烈的阳光中，实验大楼、音乐大楼、篮球场、塑胶跑道……所有的一切都熟悉地映在眼前。

这个在我生活里存在了快四年的大学，每一棵树、每一条路、每一个场景对我来说都有深刻的记忆，现在我很快就要告别它，步入人生的另一个舞台。

我记得去年林安可毕业典礼的时候，我站在"景晖"双子楼的楼顶拿着望远镜看他们在草地上拍照，我就像一个地道的偷窥狂，监视着一个不爱自己的男生和别的女生好。

望远镜是我从柜子里找到的，它是我高考结束和他们去远足的时候林安可送给我的。他说望远镜可以让你发现，很远很远的风景，其实就在眼前。

林安可总是可以说出这么深奥的话，让你不得不注意这么小就有这么多感悟的美少年。

那时我用这架望远镜来看他们，所有人近在咫尺。他们穿着黑色的学士服，戴学士帽，个个都举着剪刀手拍照，我看到沈艺彤笑靥如花地挽着林安可，而安可呢，他只是微微笑笑，没扣紧的黑色外套露出了里面那件天蓝色的短袖T恤。

这件短袖T恤是安可买的第一件情侣T恤。我记得他当时带过来的时候，我惊讶地说："拜托，别这么幼稚好不好？"

他皱起眉头拿着衣服不说话，我偎靠过去哄他："好了，好了，我说错话了，不幼稚，是可爱。"

他这才松了眉头问："那你穿不穿？"

我有点为难："还是不要吧？"

"什么不要？"他不管我，直接把情侣T恤给我套上，把我套得晕头转向，套好之后还特别得意地说："以后你走出去，大家都知道你是我的女朋友，没人敢追你了。"

后来我才知道，这件衣服是安可自己设计图案拿到工厂里去定做的，上面贴着S LOVE L的水钻，每次穿都闪闪发光，像是见证我们的爱情。

和安可分手之后，我偶尔还会穿这件衣服，骗自己他还没离开我，或许我潜意识里一直不愿意相信这是真的。可是就在爸爸办完丧事的某一天，我陪妈妈去医院作眼睛复查，在医院看见沈艺彤脸色发白地坐在椅子上。

她看着我身上那件衣服，嘲讽地说："流苏姐，安可来陪我做人流。"远处走过来的安可，拿着一瓶罐装的牛奶，步履轻盈缓慢，眼神温和平静。

或许就是从那一天开始，我心里还存有一点点希望的小火苗，也生生地被熄灭了，连烟都没有。

回家之后，我把我那件衣服丢在灶里烧了，和柴火一起夹杂着噼里啪啦的声响让我出神了很久。也就是从那一天开始我变得沉默寡言，任何事情都埋在心底。

刚和安可谈恋爱的时候，每天发生一点鸡毛蒜皮的小事都想和他分享，买了新的耳环，吃饭的时候吃到了头发，上课的教授戴了一顶假发，钱灿灿又穿反了衣服……

安可让我知道，恋爱的时候生活里的每一件无聊的小事都变得那么幸福，有一个人在你身边让你依靠，是这一生最安心的寄托。

可就是这样一个人，他当着我的面，告诉我，另一个女人怀了他的孩子。

我多希望这是他和我开的一个玩笑，像曾经无数次那样在我快要生气的时候拍拍我的头说，"苏苏，我骗你的。我最爱的人只有你"。

但是现在，我明白，这并不是一个玩笑，它就是最现实的生活，把我以为幸福的心，狠狠地撕裂。

我放下望远镜，抬头看了看头顶的天，手机突然响起，是安可的号码，我喂了一声，飞机从我头顶飞过，发出巨大的轰鸣声，我把耳朵贴近手机，也听不清安可说了什么。

飞机飞走后，电话已经挂断了，仿佛刚才，只是一场错觉。

这么多年，记忆里的错觉，总是能让我失神恍惚。

3 »»

周五照例去接小帅哥放学。已经有一周没有见到方少顷了，以前也只有一周见一次，却没有像这一周这样漫长，似乎闭上眼就是他的话、他的脸、他的等待。

车子开到半路的时候，方少顷给我打了个电话："苏苏，你今天不用来接谦谦了，他外婆来接他去吃饭。"他说话的时候，周围的声音有点嘈杂。

"好。"

"苏苏……"方少顷又叫我。

"怎么了？"

"没什么，注意身体。"

"我知道了。"

车子到站，我下了车，突然漫无目的起来，我在躲着方少顷，是心里的一种排斥，我在避着他，不知该如何面对他。

不知不觉地站在钱灿灿电视台楼下，晚上没有事，干脆给钱灿灿打个电话。

"灿灿，晚上有没有时间，姐姐找你吃饭。"

"你今天不用去代班老妈吗？"

"临时通知取消了。"

"那你上来等我，我们节目要开录了，一会儿你过来看我们录节目呗。"

从来没见过真人录节目，想想还是挺有趣，坐了电梯上楼，钱灿灿在电梯外面等我，我一出来她就拉着我往摄影棚跑。

"急什么啊？"

"包你看了吓一跳。"

一到摄影棚，看到聚集了密密麻麻的人群，多数是女性。

"让一让，让一让。"钱灿灿从人群中穿梭出一条血路，等到了光亮的地方，我才看清楚了，在棚里坐着就位的人是方少顷。

难怪他刚才打电话的时候周围有点嘈杂，原来人在电视台。

大红色的背景，蓝色的沙发，方少顷一身黑色西装，金色领带，清俊不凡的气质在灯光的照射下散发异彩。他是一个多么出众的男人，如果没有林安可，我或许真的在第一眼看到他的时候就会爱上他。

采访的女主持，是杜芸，她穿得也非常的端庄，只是看方少顷的眼神多了几分迷恋。

"惊讶吗？你说怎么那么巧，你难得找我吃饭，方老师就正好来录我们节目。"钱灿灿说。

后面几个女生窃窃私语："方少顷从来不在任何媒体杂志露脸，这次是谁那么有本事把他请来的啊？"

"应该是许主播吧？要不然谁有那么大的面子……"

钱灿灿颇有深意地看了我一眼，我恨不得把自己缩得小小的。

正式开始录制节目，所有人都安静下来，整个摄影棚里只听见方少顷和杜芸两个人的声音在回荡，方少顷看到我了，我把头一扭："灿灿，这里空调太冷，我先出去。"

刚走到棚外，就看到许千沫站在门口眼神幽怨地盯着一个地方看，看到我来，她友好地笑一笑："你也来看少顷录节目？"

"没有，我来等朋友去吃饭。"

"我还有事，先走了。"

"嗯，拜拜。"

许千沫走了，我坐到钱灿灿的位置上趴着，许千沫身上的味道是香奈儿5号的味道，她有一种孤单倨傲的美，像是长开了的花朵，我突然想起了一种花——曼陀罗。

这种花很美，却带着毒性。

我开始笑我自己，自从认识他们开始，总会不自觉地联想起一些不必要的事物。

4 》》

穿蓝衣的少女，拿着一束满天星，正站在幽暗的蔷薇花园里等人，草地灯是静静的蓝，她看着一个方向，目光充满了挣扎。有一个人出现了，模糊得看不清身影，少女的脸突然变得兴奋而雀跃，冲动得想迎上去，她要触碰到他了，那张模糊的脸一直埋在阴影里，差一点点就要抬起头了……

"苏苏姐，苏苏姐……"钱灿灿的声音把我从梦中叫醒，我不知道何时趴在她的桌子上睡着了。

"你再迟五分钟叫我就好了。"我很遗憾，差一点就要看到那个男人了。

"什么五分钟？"

"没什么，你们节目录好了？"

"录完了。Eric请我们节目组吃饭。你一起去吧。"

一听到有免费的晚餐我就两眼发光："这么好的事你不早说。"

"方老师也一起去。"

我假装看看表："我想起来我晚上还有事，不和你们一起吃了哈。"

钱灿灿按住我的肩膀："少来，你晚上有没有事我会不知道，你那日程表我可是记得一清二楚。你在躲方老师。"

"我没有。"

"回答那么快，肯定是狡辩。"

"谁狡辩了……我……"

"苏苏。"方少顷的声音打断了我接下去的话。

"你怎么在这儿？谦谦吵着要和你说电话。"方少顷把电话递过来给我。

小帅哥的声音在有浪漫音乐的环境里响起："妈妈，你和爸爸二人世界去了是不是？你们有没有想宝宝？"

一听到小帅哥的声音，心都是柔软的，我马上哄他："妈妈最想你了，你有没有听话？"

"外婆这里好无聊，我想回家。"

"想回家啊？"我为难地看了方少顷一眼，他拿过电话："你乖乖和外婆吃完饭，爸爸等会儿带妈妈过去接你。"

"大家准备好了没？去吃饭啦。"Eric过来和大家宣布。

杜芸摇摆着她纤细的小蛮腰走过来，把我从方少顷身边撞开，亲昵地靠着方少顷："方老师，一会儿我能坐你旁边吗？"

方少顷礼貌地和她拉开距离："不好意思，我身边是我太太坐的。"他晃了晃手上的戒指，众目睽睽之下拉起我的手，我们两个人的对戒轻易地暴露在空气中，女性们感到了莫大的失落。

钱灿灿在一旁大声鼓掌："好，真是男才女貌！"

钱灿灿这句话放在我和方少顷身上显然没有一点公信力。众人看着一身乡土打扮的我和一身富贵打扮的方少顷，都对钱灿灿投去鄙夷的目光。

吃饭的地方在电视台附近的华庭酒楼，大厅里的金色圆柱上雕刻着巨大的龙，迎宾小姐身穿旗袍，水灵标致。

方少顷很自然地坐在我身旁，坐下来的时候，低声和我说："对不起，我知道你不想公开我们的关系，但是……"

"但是你不想别的女人纠缠你，所以你找我做挡箭牌？"我接话。

"你现在真是伶牙俐齿。"

"不是现在，是一直都伶牙俐齿，你见到的只是九牛一毛。"

"你是在恐吓我？让我知难而退？"

"我只是把事实告诉你。"

"那我也告诉你，我不怕。"说完轻轻地笑了笑。不得不说，方少顷每次的笑容都让人想起年少的安可，迷人，优雅，带着宠溺。

整个组吃饭的人，男同胞大快朵颐，女同胞都表现得很淑女，连一向宣称不吃到肚子变形绝不下桌的钱灿灿，在Eric面前也只吃了两颗西蓝花假装淑女。只有杜芸捧坏了一只芍药花底的陶瓷汤勺来表达她不愿意相信眼前的一切是事实。

吃了一半时大家开始聊天。

说来说去，就问到了方少顷身上。

A说："方总，您和您太太是怎么认识的？"

B说："肯定是她追的您吧？"

C说："您为什么这么多年都在国外现在才回国？"

……

方少顷很温和地一一回答："我和我太太认识还蛮自然的，我们是互相喜欢，也不存在谁追谁，我这么多年都在国外现在回国就是想遇到我太太……"

我低着头，吃我面前的一碟花生米，仿佛他们讨论的是别人的事，和我没有一点关系。

杜芸喝了几口酒就憋不住了，丢了新的汤勺站起来："方老师，薛流苏哪里好？她以前是个跳级的天才没错，休学两年回来就变成了个考倒数第一的大笨蛋，这还不止，她还抢了她好朋友的男朋友，害得她好朋友差点吃安眠药死了，她天天在学校外面打工，认识一大堆乱七八糟的男人，和他们暧昧不清，全校都知道这事儿，你不要被她可怜的外表骗了，她心肠可毒了……"

我愣住了，我相信全场都愣住了。

钱灿灿拍着桌子站起来："你算老几，你凭什么说我家苏苏姐，她的好她的坏老娘不屑告诉你，别仗着你有点姿色就在我面前撒泼。"

"我撒什么泼，我说的是事实。"

"你不要逼我把你那些不要脸的事给你抖出来，我倒要看看谁做得更难看。"

"什么……什么事儿，你别诬赖我。"

我一看这阵势赶忙站起来拉住钱灿灿："灿灿，别说了，大家都看着呢。"

我的目光扫向Eric，他马上出来打圆场："杜芸和灿灿都喝多了，肯定是今天节目做得太高兴了，少顷难得来一次，你看，这么大魅力。"

大家才发现，方少顷自始至终都没有说话，这时候所有人都把目光转向他，杜芸的一番话，似乎很好地概括了四年中我所有的事迹。很多时候，我都以为那些东西会随着时间慢慢地消逝在我的生命里，现在我才知道，它已经在时光的洪荒中，留在了大家的心上。

方少顷抿了一口青岛啤酒，抬起头，迎着大家的目光，缓缓开口："苏苏这个人，说她有什么好，还真的没有。"

我斜他一眼表示抗议。他顿了一下继续说："她长得一般，说话粗鲁，性格暴躁，要说有优点，可能就是和我儿子相处融洽了。"

这段话？怎么有点耳熟？我想起来了，是上次我拒绝方少顷的时候说的话。

我眯起眼睛来瞪他，眼神中透露的意思是："你干吗复制我上次的话？"

"但是……"他握住我的手，"她很坚强勇敢，敢爱敢恨，遇到困难从来不说，再艰苦都自己面对，我一直都很遗憾，没能参与苏苏这四年中发生的一切，在她需要人依靠的时候，我没有陪在她身边，是我怕她不肯接受我，要离开我，因为我再也没有青春陪她一起成长，我也不知道如果她离开了，我再上哪里找第二个她。"

方少顷的手紧紧地把我的手握住，所有人都呆住了，包括我自己，我只感觉我鼻子酸酸的难受，我以为他永远不懂我内心的痛苦，可是他就这样说出来，说到我只想哭。

他站起来："这才是今天的采访我一直来不及说的话，失陪了，各位。"

5 》》》

方少顷带我离开，穿过金色的走廊，水晶阶梯，他就这样拉着我，似乎我曾经这样和他一起离开过。

走到门口的时候，他把外套给我披上。

我巍巍颤颤地问了一句："你是在拍电视剧不？"

他嘴边泛起深深的笑："这么多年，你这种自卑的毛病怎么还是没有改？"他低下头，给了我一个长而深的吻，有啤酒的味道，让人留恋。

吻完之后，我肯定地下结论："这绝对是在拍电视剧。"

他拿我没辙："好吧，就算是电视剧，那我们现在是不是要拍下一场了？"

"下一场？"

"吻完之后，我们要干吗？"

"要干吗？通常电视剧里接吻完接下去……"我的脑中浮现了一些少儿不宜的画面。方少顷捏捏我的脸："想什么呢？接下去……我们要去接谦谦了。"

吓我一跳，我拍拍胸口，和他上了车。

上车之后，方少顷靠过来："如果你想拍另一场，我也是可以配合你的。"

我推推他："老男人还没正经。"

"谁让你这段时间总是避开我。"

"我哪里避开你？"

"电话关机三天，还想狡辩？"

"那是，有些事儿我还没想清楚。"

"什么事你可以直接问我。"

我握了握拳，鼓起勇气："许主播来找过我……"

"千沫对你说了什么？"

"她……她说……你不是真的爱我，只是为了弥补你对许千灵的愧疚。"

"你相信她？"方少顷的眼眸中透出火苗。

"我不知道我可以相信谁，你们的出现已经让我的生活陷入一片混乱。"

方少顷把车停下，笃定地看着我："苏苏，无论是六年前还是六年后，选择相信我，对你来说真的这么难吗？现在我只想好好爱你一个人，我真的没有这个机会了吗？"他的话里有我从来没有见过的痛苦。

我伸手，主动抱了抱他。他的怀抱有一种久违的温暖，钻入鼻中的是一股阳光的味道，让我疲惫的心终于有了休息的地方。

许久之后，方少顷才松开手，重新发动车，他像是想了许久才开口："苏苏，我不知道千沫和你说了什么，但是我向你保证，那不是事实的全部。六年前我遇到千灵，我承认一开始我没有喜欢她，我只是同情她，觉得她可怜。可是后来我是真的爱上她了，她死之前，给我打了一个电话说她要把她最珍贵的礼物送给我，她说她有预感她要走了，去很远很远的地方。在那之前，我一直觉得她只是一个非常柔弱的女孩儿，但是在我接到谦谦的那一刻，我才发现，她的内心比任何人都要强大。"

这是方少顷第一次和我正面提到许千灵，这个我从未见过面却和我神情相似的女孩儿，她为我带来了另一段不一样的人生，像是冥冥之中有人指引我走上这条路，遇见这些人，和他们有不一样的碰撞。

"那是你们都不了解她对你的爱有多深，如果不是因为太爱你，她怎么会在那么小的年龄冒着那么大的危险把孩子生下来。"

方少顷静静地看了我一眼，眼睛里微微闪着光芒，似乎有一瞬间，我进入了这样一个奇妙的角色，我成为了许千灵，变成了她的影子。

小帅哥站在酒店门口，由一个妇人牵着，看到我和方少顷走过来，蹦蹦跳跳地朝我们跑来。妇人显得并不是太热情，只是拎着一个LV的包包在身后跟着。

走近了我才发现这个妇人有点眼熟，很白皙的脸，富贵的气质，手上的钻戒闪闪发光。

小帅哥兴高采烈地喊："姐姐，爸爸。"

我对上那妇人的目光，竟然有一种似曾相识的错觉，她也愣了片刻，并没有理会我，只是转头对方少顷说："少顷，你怎么随便让不三不四的女人带谦谦？"

"姐姐才不是不三不四的女人，外婆讨厌。"小帅哥很维护我。

"看到没有？变得这么没有教养，以前千沫带他，不知道多听话。"

"我以前是懒得和你说话，谁听话了？"

方少顷抱起谦谦："和外婆说话不能这么没礼貌，听到没有？"

面对妇人的时候，换上了一张冰冷礼貌的脸孔："白董事长，谢谢你今天来接谦谦吃饭，下个月的剪彩我会出席的，到时候见。"直到今天我才发现，方少顷除了面对我的时候有笑容，似乎在面对任何人时都是礼貌而冰冷的。

白董事长？我突然想起来，她是上次电视上播的正达集团的董事长白雅萍，没想到是谦谦的外婆，那应该是许千沫的亲妈？许千灵的大妈？

真复杂，还是少说话为妙，所以我由始至终都没有说一句话，乖乖地和方少顷上了车。

她的目光始终在我身上流连，那并不是和善的目光，像是从头到尾将人用目光扫了一遍，这个女人一看就是个强势的人，难怪上次钱晖晖他们财经杂志报道的时候写着：她的丈夫入赘她们白家，在正达集团属于傀儡的角色，董事局基本上都是她的人。

我有些不道德地想：许千灵还好是死了，如果还活着，肯定也要被她虐待死。我想起方少顷刚才说许千灵是一个内心很强大的人，和这样的女人一起生活，内心不强大肯定也是不行的。

我若有所思地看着方少顷，几乎忘了许千沫的存在。我看得出她非常爱方少顷，又怎么会这么轻易地放弃呢？

方少顷拧着眉毛，我一看就知道，这次的麻烦一点儿也不小。

7 》》

没过几天，H1N1开始席卷景州市，之前只在几个大城市，现在已经渐渐蔓延到景州，有几个国外回来的人带了感染病毒，传染给了部分人，一时间整个景州市人心惶惶。大家出门都戴着口罩，谁咳嗽两声，周围立刻人去楼空。幼儿园、小学渐渐开始停课，大学生家在景州的都回家了，家在外地的就只好无奈地住在学校里，学校实施封校制度，新闻里天天报道有学生爬墙出校门。

我有很多的兼职都停掉了，这让我收入大减，催债的人的声音无时无刻不在我耳边响起，我只好很绝望地在家里准备论文。

那天阳光很好，我把所有的被子都拿出来晒，突然接到一个电话，是安可的妈妈打来的，他妈妈说："苏苏，安可高烧好几天都不退，嘴里一直念着你的名字，你能不能过来一趟，当帮汪阿姨一个忙？"

妈妈在旁边说："苏苏，去吧，去看看安可，毕竟你们曾经朋友一场。"

我坐在门口想了想，还是搭公交车去了，刚才还是晴朗的天，突然下起了瓢泼大雨，落在车窗上，像珍珠那么大滴。

世纪豪园一切都没有改变，我在这儿住了那么多年，突然回来，保安还认识我，很快就让我进去了。

林安宁来给我开的门，她还是一副看我不顺眼的样子说："你来了？"

安可妈妈很高兴地拉着我："苏苏，你来了，安可在楼上，我带你上去。"

安可家的陈设一切照旧，精致的罗马风格，咖啡色墙纸，光洁的地板，门口处种着一大盆金玉满堂。

我们以前总喜欢坐在他家客厅的沙发上迎着阳光闭起眼睛，我靠在他怀里，偷亲他的脸，觉得全世界的幸福都在我的手心里，他会抓着我的手叫我"小坏蛋"，笑起来眼睛像弯弯的月牙。

现在他躺在蓝色的大床上，满脸通红，嘴里不停地叫我的名字，我站在原地，不知道要不要走上前。我真的准备要忘了他，和方少顷在一起了，我怕我走上去，辜负了方少顷的信任和爱。

"苏苏，你去和安可说说话吧。"

"汪阿姨，我……你还是叫沈艺彤来吧。"我突然觉得自己出现在这里很尴尬。

安可妈妈叹口气，走到旁边的一个柜子那儿，一拉开，里面满满的绒毛玩具、信纸、信封、笔记本、糖果盒一股脑地全掉了出来，洒得满地都是。

"你看，这是你和安可分手之后，安可为你买的东西，给你写的信，每一个节日，他都买，堆在这里，从来不拿给你。我知道你和安可已经分手了，可是阿姨也知道安可这么多年心里一直只惦记你一个人，从他认识你开始，就喜欢和你一起玩，你跳级考大学那年我看到安可一个晚上都没有睡觉，第二天就告诉我，他要和你考一个学校，你掉下山谷休学那两年，安可一直都以为你死了，他整个人变得很颓废，把自己锁在房间里不出来，后来还是艺彤来了陪着他、照顾他。你和他在一起的日子，他变得非常开心，还和我说计划以后和你怎样生活下去，我不知道安可为什么和你分手，只知道在安可的心里，这么多年都只爱你一个人。只是这样一个人，你就当陪陪他，和他说说话，都不行吗？"汪阿姨说完，眼角有大滴的眼泪滑落。

"妈，你别说了，让苏苏走吧。"安可不知道什么时候已经醒了过来，他坐起身，看着我，目光里充满挣扎。

我走过去，坐在安可的床边："如果你妈说的都是事实，那你和沈艺彤是怎么回事？"

这是我这么多年一直解不开的谜题，我没有机会问，或者说，我不敢去找这个答案。

安可一把抱住我，声音微弱而急促："苏苏，我对不起你，我从来没爱过艺彤，我只是没有办法……"

"艺彤，你怎么不进去？"林安宁的声音在门口响起，我和安可朝门口看去，看到一脸苍白的沈艺彤静静地站在门口，目光犀利地看着我们。不知道刚才的话她是不是都听到了，她怨恨地看了我们一眼，转过身跑掉了。

我推开安可，追了出去，我不希望她对安可有什么误会，我要和她解释清楚。

天空中的雨越来越大，沈艺彤跑得非常迅速，我拼命追拼命追，追到一座河堤旁边的时候，沈艺彤停了下来，雨水已经把她的脸完全打湿，头发贴在脸颊上，脸上的妆像一个彩盘一样化开了。

"薛流苏，这么多年，你是不是很想知道安可这么爱你，为什么突然会和你分手和我好上？"她开始大笑起来，我从来没见过她这种放纵的笑容，"或许这个答案连你自己都会吓一跳。"

我感到了一种从未有过的恐慌，我想知道，却害怕知道。

"艺彤，你答应过我，不说的。"安可也从后面追来了，我看得出他非常害怕沈艺彤说出后面的话。

"我答应过你不说，我做到了，你答应过我会忘记薛流苏，你做到了吗？"沈艺彤对着林安可大喊，"这么多年，我一直都在你身边陪着你，无论你发生了什么事，我都对你不离不弃，可是到今天，你却说你从来没有爱过我，你从来没有忘记过她，你知道你多伤我的心吗？林安可，你太让我失望了。"沈艺彤蹲在地上大哭起来，我看不清她脸上流淌的是雨水还是泪水，她指着我大声地说："这个女人，这个根本不是薛流苏的女人，你为什么还这么爱她？你爱的薛流苏已经死了啊，在六年前掉到山谷里的时候就已经死了啊，她只是一个替代品，一个有着薛流苏脸蛋的替代品，为什么你还会爱上她？你告诉我，你告诉我，为什么，这是为什么……"

我的耳朵顷刻间阵阵轰鸣，大雨里一切都像虚幻，沈艺彤说的话让我一下子陷入了另一个世界里。

我不是薛流苏，我只是一个有着薛流苏长相的替代品，这怎么可能？这怎么可能呢？

雨点打在身上，是真切的疼，忧伤的安可、撕心裂肺的沈艺彤、漫天的大雨都在告诉我，眼前的一切是事实，我听到的一切，都是事实。

让人无法相信的事实。

逝水流年的青春之痛，
抵死纠缠的回忆之殇。

第八章>>>

失身潜逃等于自掘坟墓

1 >>>

　　我平躺在床上，双腿蹬直，白色的被单紧贴着我的皮肤，我感到全身冰冷。风灌进我的身体里，快把我吹成一具冰冷的尸体。

　　沈艺彤的话说完之后，震惊得我来不及问原因，安可就把沈艺彤拉走了。我坐在回来的车里，觉得这根本就是一场梦。

　　安可离开我，是因为他发现我不是薛流苏，当年他说的那句"我发现我爱的从来都不是你"，原来是这层意思。

　　衣柜的门突然"吱呀"一声打开，人形镜子里是一张平淡瘦小的脸，我一个打挺坐了起来，去看镜子里的那张脸，和挂在墙上的全家福里的那个女孩有什么不同。

　　同样的嘴，同样的鼻子，同样的下巴。眼睛，是眼睛，我突然看到她的眼睛和我的眼睛不一样，她的眼睛向上弯，微微地延伸，是一种傲气，而我的眼睛，眼角微微地耷拉，平淡而没有杀伤力。

　　她和我很像，她是薛流苏，那我是谁？我究竟是谁？

　　妈妈拿了干毛巾进来给我擦脸，像往常那样温柔："出门也不带把伞，看把自己弄得和个小花猫似的。"

　　妈妈，如果我不是她女儿，她怎么会认不出来呢？

　　"看什么？我脸上有东西？"妈妈有点奇怪，"你不是被安可传染了也发烧了吧？"妈妈担心地摸摸我的额头。

　　那么温暖的手，关心的语气，她怎么会不是我妈妈呢？她明明那么爱我。

　　"妈，我以前就长这样吗？"我突然问。

　　妈妈一愣："你以前？"妈妈看我，"你以前当然不长这样。"

　　"那我是什么样？"我突然有点激动。

　　妈妈笑起来："你小时候比现在漂亮多了，没这么瘦，没这么黑。"她帮我擦头发，"你看你现在天天在外面工作，人都瘦了好多，气色都差了。"

我张了张嘴还想说什么，妈妈温柔地说："洗澡水我给你烧好了，等会儿洗了就睡吧，安可的事就别想那么多了，毕竟过去那么久了，生活中总有许多无奈，更艰难的时候你都熬过来了，有些命中注定的事儿，再去想也是苦了自己。妈妈还是希望，你能对自己好点，让自己幸福。"

我沉默地点点头，最终没有把我想问的话问出来。

2 »

我没有打安可的电话问这件事，我知道他如果想清楚了，会主动来找我。

我想去找钱灿灿，想看看她知不知道什么。

我刚走到钱灿灿的家门口，就看见钱灿灿穿得很华丽地走过来，飘逸的长裙，杏色的耳环，银白色的漆光鞋，她还是像往常一样看到我就一惊一乍的，丝毫没有发现我的变化。

"苏苏姐，你来得正好，和我一起去。"

"去哪里？"

"去参加正达集团举办的party，听说苏珊这次来，除了帮楼盘剪彩还有另一个任务，但是现在保密，要今天参加聚会的时候才会公布，我担心她要和Eric复合，我看她和Eric妈妈关系好得很。"

"那我不去了，等你回来我再找你。"我不想扰乱钱灿灿现在的心情。

"你怎么了苏苏姐？怎么脸色这么差？"钱灿灿突然发现了我的异常。

"本来想找你问点事儿，现在没事了。等你去完回来我再问吧。"

"那你陪我去吧，去完你爱怎么问怎么问，遇到情敌，没人在我身边挺我，我还挺害怕呢。"

"可是我今天穿成这样，怎么去？"

"没关系，我有两张邀请卡，你就这样进去，小西装马甲搭配T恤，下面是牛仔，OK的啦，别担心。"

我的头有些难受，昨天的事还在我脑袋里盘旋，钱灿灿也没等我同意就把我塞进了出租车里。

聚会的场地很特别，在一个教堂外面，露天草坪上用玫瑰和红白粉气球搭成精致的造型。大大的台子旁边，粉红色的纱布、白色飘逸的蕾丝，整个现场更像是要举办婚礼。

我和钱灿灿一下车，Eric就走过来，看到我问："薛小姐怎么来了？"

"某人怕爱人和旧爱重修旧好，我来做某人的坚强后盾。"我看了钱灿灿一眼。

"苏苏姐，你乱说什么？"钱灿灿娇嗔一声。

Eric弯起嘴："今日我可不是主角。"

我笑了笑，坐在角落里。钱灿灿就跟在Eric身边转开了。Eric对钱灿灿是何种感情呢？看她的时候带着小小的怜惜，却又不敢靠得很近，钱灿灿越是走近，只会逼他退得越远。

爱情的游戏，你来我往，你攻我守，看的人觉得有趣，当局者却常常感到迷惑。

放眼看去今天光临的人里，有圈内知名导演、编剧、电台高层、钟表大王的夫人、钻石富二代等，没想到正达集团虽说产业没有多少在景州，人脉还是很广阔的。摄影机、各大媒体的记者都在旁严阵以待。大家都预感等一会儿有重大消息。

"流苏，我们又见面了。"我一抬头，看到副导孔俊的脸出现在我眼前，还是那张流气又有些小人的脸孔。

整出戏拍了三个月，最不想碰到的人就是他，所以在片场我都尽量避开他，没想到他也出现在这里。

我礼貌地叫了声："副导。"

"你别怕我嘛，我又没有恶意。"他换上一张笑脸，只是怎么看都别扭。

"没有恶意就请你离她远一点。"方少顷不知何时来到我身边，他永远一身利落大气的打扮，说话有威严，一开口就让人矮了三分。

"你是谁啊你？"

"我是她先生，麻烦你认清楚我的样子。"

"先生？"孔俊讪讪的，"没想到，越是清纯的女孩儿越让人刮目相看。"他拿着酒，带着嘲讽的口气走了。

"你每次都招蜂引蝶。"方少顷看着我。

我扶着额头："你每次都用这个理由，也不换一个，比如说是我哥哥、叔叔之类的。"

他眼含怒气地说："哥哥？叔叔？你是想气死我吗？"

他生气的样子有点冷酷，眉宇会皱起来，像个雕塑。我端了一块蛋糕到他面前："我怎么敢气你？我只是找点娱乐罢了。"

"怎么好端端的又垂头丧气？"

"最近烦心事太多。"

"难怪黑眼圈又加深了。"

"怎么办？有时候觉得生活无所恋。"

"什么无所恋，我和谦谦都是你要留恋的。"

"对了，小帅哥呢？"

"自从你说了风筝的故事之后,他就经常和甜甜私奔。"方少顷责备地看我一眼,"你这个好妈妈教导的。"

"这说明我家宝宝是个乖宝宝。"

"你陪着他,他比以前乖了许多。还没问,你怎么会在这儿?"方少顷说。

"陪灿灿来盯着Eric,她担心Eric和苏珊复合。"

"我还以为你担心我在这里寻觅别的女人。"

我笑起来:"怎么可能?"方少顷也跟着我笑,有他在身边,暂时可以忘却安可的烦恼。

我站起来,看着这个教堂,感叹道:"这个教堂真美。"

"那等我们结婚的时候,来这里办婚礼吧。"他附在我的耳边说话。

似乎在什么时候有过这样的画面,一个人低着头,在我耳边低语。我抬起眼,方少顷的脸在我头顶,我们中间形成了一条直线,他薄而性感的嘴,黑而深邃的瞳孔,一瞬间,我好像看到那个穿蓝色衣服的小女孩的眼睛里,充满了幸福和期待。

"苏珊来了,苏珊来了,快拍,快拍……"周围的人声打断了我的思绪,顺着大家的声音看过去,大红色的法拉利停下,走下来一个身穿明黄色纱裙的女人,漂亮的容颜,纤细的腰肢,浑身散发出阵阵成熟的妩媚。

苏珊比电视上要显得瘦一些,大概一米七的身高,宽宽的肩膀,大而性感的锁骨,不愧是国际名模,架势和气魄让她一出场就成为全场的焦点。

一起出来的是白雅萍和许千沫,许千沫今天也穿得非常大方得体,一身淡白色的裙子,脖子上挂一条珠白色的钻石项链,有一种脱俗的气质。

她们左右各一边勾着白雅萍的手臂，款款地走到搭好的台上。

白雅萍微笑着对着话筒说："感谢各位莅临我今天举办的聚会，一是为了感谢苏珊来帮我们正达集团的'落景华苑'剪彩，另外一件事呢，就是苏珊会成为我女儿许千沫结婚的伴娘。"

所有记者在台下一片哗然，整个场面陷入了一片议论声中，有人已经迫不及待地问："那新郎是哪位？"

"至于新郎……"白雅萍的目光往我们这边扫了一扫，"新郎就是方氏企业的继承人方少顷先生，今天我也邀请了方氏企业的前董事景州大学校长方老先生来，我们一起向大家公布这个喜讯。"

有一位老先生在别人的搀扶下走了过来，岁月在他的脸上刻上了痕迹，但是却给了他一双依然清澈的眼睛。

这就是平时低调却名震学校的校长。我第一次看到本尊，像是见到国家领导人那般激动。

方少顷的脸冷若冰霜，抿着嘴一言不发，眼中满是怒火，我想接下去应该也没我什么事了，于是默默地退场。

爱我的人，我爱的人，都找到了好归宿，我应该替他们感到高兴才对，尘世间的纷扰已经困扰了我这么久，我越过了海洋，越过了丛林，越过了高山，我以为我会看见光明，谁知道，看见的只是一座丘陵。

我的头没理由地开始痛起来，我突然很想把自己灌醉。

3 》》

打车到我和钱灿灿去过一次的酒吧，坐下来，点了一罐黑啤酒。

上一次喝酒是一年多以前，在医院看到安可给人流后的沈艺彤拿牛奶之后，我拉着钱灿灿来到了这间酒吧，开始拼命地喝酒，一杯一杯地灌下肚，最后在门口呕吐出来。我的心里有说不出的苦，可是我只能把它们吞下去。我并非一个善于饮酒的人，但是这纷杂的尘世有太多的无奈和不安席卷了我的生命。

那时候我才知道，酒并不能醉人，最多只会麻痹人。

我靠在吧台上，听隔壁的小男生唱着张宇的《曲终人散》：我终于明白曲终人散的寂寞，只有伤心人才有。你拉住我衣袖，又放开让我走，这一次和我彻底分手。

有人把手搭在我的肩膀。

"流苏，怎么一个人在这儿喝闷酒？"有些熟悉的声音在我耳边响起。

朦胧中眯起眼睛看眼前的男人，一脸花花公子长相的副导出现在我眼前，他真是阴魂不散。

"走开。"我扫开他的手，不想理他。

"爱人结婚了，新娘不是你，这个结局很讽刺吧？"他在我耳边笑。

"关你屁事！老娘没工夫和你客套。"我已经够烦了，看眼前的人影都是重叠的。

他端起一杯红色的鸡尾酒给我："流苏，别这么烦，以前嘛是副导不好，这杯酒当做赔罪，喝了这杯，保证你什么烦恼都没有了。"他在我耳边呢喃。

"我喝了你就走？"

"好。"

我仰起头一饮而尽，这杯酒有淡淡的甜，像血腥玛丽，又多了一丝苦。

趴在冰凉的吧台上，渐渐地，副导的脸竟然变成了方少顷，我的头越来越晕，身体微微地发烫。他靠过来说："流苏，我们走吧，我带你去一个好地方。"

我依偎在他身上跟他走了出去，我感觉我身体里有一把熊熊的烈火，快要把我烧成灰烬，我难受得根本睁不开眼睛，迷迷糊糊的，不知道到了一个什么地方。

我闻到了一股刺鼻的古龙水味道，模糊的意识才微微有些清醒，我看到自己在一间宾馆里，副导那张猥亵的嘴正要凑过来，我下意识地去推他，他一把抱住我："流苏，别装什么三贞九烈了，你都已经不是雏儿了，我们玩玩，你会发现我的好的。"

我这才发现我被他下药了，难怪我身体不受自己控制一样的难受。可是我现在没有一点反抗的余地，我绝望地睁着眼睛，看着窗外朦胧的月色。

那一刻，我的脑海里浮现的是方少顷的脸，他温柔地握住我的手，喊我苏苏，我摸着手上的戒指，挣扎着要爬起来。副导的嘴很快就要落到我的脸上，我恶心地撇过头去。

很快，我听到他吃痛地大喊一声，压在身上的力量没有了，随后是副导被摔在墙上不断的哀求声。

"滚，下次再让我看到你对苏苏不轨，我就让你消失在景州。"我听到方少顷的声音，突然有一种安定的感觉。

副导跌跌撞撞地爬了出去，方少顷走过来："苏苏，你怎么样？"

"我难受。"我主动抱着他。

"你的脸怎么这么红？该死的，他对你下药？"

"我好热。"我把整张脸都埋在他的脖颈间，想汲取冰凉的感觉。

"苏苏，你别这样……你……"方少顷推开我。

"为什么，你们都是这样，口口声声说爱我，却总是和别人在一起。"我开始大哭，内心的苦闷无处宣泄，我不知道我自己是谁，我用了别人的身份，用了别人的爱情，到头来，我一无所有。

"苏苏，别哭，你一哭，我心都疼了。是我不好，是我让你受了这么大的委屈。如果我早点回来，你就不会这么痛苦了。"方少顷轻轻地吻去我脸上的眼泪，他的唇很软、很凉，像有某种致命的吸引，好像在我的记忆中迂回辗转了千次万次。

室内的灯慢慢地灭了，窗外那轮月亮还高高地挂在天空中，窗户微微地闭拢，方少顷的身上有一股熟悉的味道，像是许多年前就出现在我的记忆中。他的舌尖微微颤抖。我感觉自己仿佛在山岭上奔跑，越过了高山，越过了树林，越过了海洋，我一直想要寻找我来的地方，却始终看不到尽头。

我从来都不知道我来自哪里，没有人告诉过我，我也从未去探究过。世界上的一切都如此不真实，包括眼前的男人，他的温度、他的亲昵。

我好像昏倒了，又好像无比清醒，我听到方少顷在我耳边呢喃：

"灵灵，灵灵……你终于回来了。"

4 >>>

我掐灭了十根燃着的烟头，吃掉了一大碗的低脂拉面，把自己浸泡在浴缸里，我希望这一切都只是我的想象，可是身上细细小小的吻痕宣告这件事真实地发生了。

我和一个算是非常好看、身家优秀、几乎完美的男人发生了一夜情，在我还不知道我是谁、我到底爱谁、他是谁、他到底爱谁的情况下。

狗血得如同台湾言情小说一样。

钱灿灿说，谁的大四都不平静，我真想问问苍天，谁的大四有我这么不平静？

前面的问题没解决，后面的问题铺天盖地地跑来。

后悔吗？我想了想，却发现一点都没有，我想起自己半夜醒来看见一个完美的侧脸靠在白色的枕头上，他裸露的古铜色肌肤，让人脸红心跳得惊慌失措。

虽然他一直说他很爱我，但是这份爱的可信度是多少我不知道。虽然我只谈过一次恋爱，但是我对爱情的失望程度大到我自己也不能估量。

于是——我偷偷拿了衣服就闪人了。

钱灿灿以前说我是个超级闷骚的女人，平时看上去像小龙女似的苦练玉女心经，一看到杨过一样的美少年就如狼似虎地将其扑倒。

今天的事实证明，我没有扑倒美少年，我扑倒了一个老男人。

一个一直说很爱我却总怀念前老婆，现在要和前老婆的姐姐因为家庭关系结婚的老男人。

是悲剧还是喜剧，还有待考证。

我不知道何去何从，前几天，我还在沈艺彤的话语里震惊着，今天，我就被宾馆里发生的一切煎熬着。

老天这是在折磨我，还是在整我，我分不出个究竟。

5 >>>

俗话说最危险的地方就是最安全的地方，为了尽量避开这些人，我收拾了东西，跟我妈和奶奶道别之后就回到了学校。

在所有人都因为H1N1翻出墙的时候，只有我很壮烈地走进这座牢笼。

宿舍里只有果子一个人，因为考研，又是外地学生，她无处可去，看到我来，像是看到了久违的亲人，抱着我几乎痛哭流涕地说："苏苏姐，你来了，我快想死你了，这里荒无人烟，长满了杂草，晚上睡觉都能听见自己的呼吸声，太恐怖了。"

我安慰她："如果你晚上睡觉听不见自己的呼吸声，那才是真的恐怖呢。"

果子对我的幽默露出了佩服的神情。

其实，整个学校的H1N1病情已经得到了控制，只是人心惶惶的谣言散布得很恐怖，每个人都戴着口罩，我也不能例外。

我戴着口罩，在图书馆和宿舍之间游荡了好几天，期间我不时盯着我的手机看看安可和方少顷谁会先给我打电话。

但是——世界就是如此安静。他们第一次如此默契地对待我，让我的内心颇受煎熬。

过了几日，钱灿灿到宿舍里来，我本来以为她是来和我们共度牢笼般的生活，没想到她拉我们去看毕业话剧晚会。

她附在我的耳边悄悄地说："苏苏姐，聚会那天我真的不知道他们会宣布结婚一事，要不然我也不会叫你去了。"

我捂着耳朵："我不想知道。"

"可是……"

"我都说了我不想知道。"

"那今天晚上准时到达，我等你。"

6 〉〉〉

本来我和果子很担心人群拥挤再度造成病菌传播，没想到一到大礼堂几乎门可罗雀，除了男女主角、配角、群众演员、配音人员，台下坐的几乎都是演员们的亲友团，大家都是来展示肝胆相照的，冒着极大的生命危险在这个非常时期聚到这里。

我看得出人心惶惶，所有人都在心里祈祷这个话剧早点结束。

我坐在台下，灯光一暗，人困得不行，打起了瞌睡。

最后被一阵稀疏的掌声震醒过来，感觉自己整个脑袋靠在一个柔软的臂弯里，方少顷那张成熟深邃的英俊脸孔一下子在我眼前放大。我想挣脱出来，他不让，低着头轻声说："都是我的人了，你还想跑哪里去？嗯？"

这句话太暧昧了，虽然我确实和他步入了暧昧的关系，但是他突然这么亲昵地和我说这么肉麻的话还是让我很不习惯。

"呃……"我假装思考。

"你以为最近封校了我就不来了？你以为H1N1能让我不敢来学校？你以为我是用完了就能丢的卫生纸？"

台上的男主角拼命地摇着女主角的肩膀，激动的姿势和马景涛当年拍《梅花三弄》差不多。

"你为什么不爱我，你告诉我，我为你付出了所有的爱，你为什么还要和别人在一起？"男主角抽搐着脸孔念完台词，女主角显然被摇傻了，只能不停地说："没有，真没有，我绝对没有……"

我突然灵机一动借鉴了一下："没有，我没这么想，绝对没有。"

方少顷笑了起来，如此邪恶的一个笑容，让我有点害怕。

整个礼堂的灯突然一亮，主角儿谢幕，从幕后走出昨天在婚礼现场见到的老人家。钱灿灿在旁边说："欢迎方校长。"

灯光打在老人家花白的头发上，照出一片银光闪闪的世界。

他拿着话筒说："薛流苏同学，我为前几天聚会上的事情向你道歉，我本来是想当面拒绝白女士的联姻计划，没想到让你和少顷产生了误会，真的很抱歉。"

我张着嘴很诧异地看着眼前目光炯炯的老人，更加诧异地看了看我身旁的方少顷，他正笑意盈盈地看着我。

"这是什么意思？你没订婚？"

他冲我点点头。

我站起来："你为什么不订婚？你去订啊！"

"苏苏，别赌气。"方少顷以为我在生气。

"苏苏姐，你是不是受了太大的打击，傻了啊？"钱灿灿在一旁说。

"我没赌气，方老师，你和许主播男才女貌、佳偶天成、人人称颂。你不和她订婚你和谁订婚？我又不是你的谁，你千万别顾及我的感受，尽管打击我，我不怕。"

全场的人倒吸一口气，他们这才发现我是诚心诚意地说这句话。特别是方少顷，在明白我的意图之后，脸色骤然冰冷。

钱灿灿拉我："苏苏姐，你怎么搞的？方老师这么有诚意和你说，你怎么这样？"

方少顷双手抱臂，唇边突然泛起一丝笑容，我感觉气氛很诡异，十分诡异。

他眯起眼睛，缓缓开口说："这么说，你真的不介意我和别人订婚？"

我用力地点了点头。

"你真的一点儿醋没吃？"

我迟疑了一下，违背良心地再次点了点头。

方少顷眯起眼睛，好整以暇地走近我："薛同学，那你也不打算为前几天晚上的事情对我负责对吗？"

钱灿灿吃惊地看着我，我想起那天晚上的事情，顿时红了脸，强作镇定地说："月黑风高的夜晚，就不要提那么惊恐的过去了嘛。大家都是成年人，有必要这么封建吗？"

"好，很好。"他嘴里冷冷地迸发了三个字。

在他说完这三个字的瞬间，我突然感觉我的身体腾空跃起，等我明白过来的时候才发现方少顷把我拦腰抱在怀里朝着礼堂外面走去。

月黑风高的夜晚，礼堂里的所有人目送我们离去，却没有一个人表示同情。

我就是那无力抗争的小白兔，面对一个老猎手，随时准备被别人宰割。

我只想流泪。

这就是惹怒方少顷的下场吗？我惊恐地想。

7 》》

方少顷把我丢进车里，锁上车门，在疯狂飙车三十分钟之后将车开进了一个豪华的大园内。

夜里漆黑的世界，我只看到方少顷两只和狼一样的眼睛在黑夜中闪闪发光，让我浑身毛孔都立了起来。好几次我想和他说话，他都狠狠地丢给我一个闭嘴的眼神，我从没见他这么生气过，之前的他总是温情脉脉，偶尔嬉笑也是温和俊美的。今天我才发现他生气的样子虽然依然帅气斐然，但是同样让人毛骨悚然。

"下车吧。到家了。"他熄了火，通知我。

"到家？我怎么不认识这里？"这一片黑色的庄园，是哪个地方？

"以后，你会慢慢认识这里。"他耐住性子说。

"可是，我不想认识这里啊？"我表示了抗议。

他突然倾身过来，我吓得整个人靠在车门内侧，他一个吻落下来，让我差点喘不过气。吻完之后，他像是告诫一样地说："从今天开始，你别想再离开我。我不会再让你离开我。"

老男人的宇宙，难道在今天就这样爆发了吗？我赶紧推开车门走下去。

方家的摆设一派复古风格，像是还保留旧时的陈设，又融进了一点点西方的特色，大厅里在放着三十年代的留声机，声音空灵而缠绵。悬挂在旧客厅中央的是一幅照片，处理成黑白的效果，里面有很多人，男女老少。所有人都在笑，却笑得一点不真实，方少顷抱着小帅哥，只是一个小婴孩，他脸上挂着寡淡的表情，与所有人的笑容格格不入。

大厅的中间挂着一盏玛瑙色的水晶灯笼灯，水晶的流苏穗子，把整个大厅衬得灯火通明。

"苏苏姐姐。"小帅哥站在楼梯上，被用人牵着跌跌撞撞地朝我跑下来，钻进我怀里，"你怎么来了？"

"宝宝，姐姐好可怜。"我立马塑造一个婉君的可怜角色，"你爸爸好恐怖，非要把姐姐带你家来，你说姐姐是不是很可怜？"虽然在一个小孩子面前扮同情可能没有什么太大的作用，但我就是企图通过这种方式发泄一下内心的苦闷。

小帅哥睁着一双水汪汪的大眼睛像是思考了一下问："姐姐，你不喜欢来我们家吗？你不喜欢陪着宝宝吗？"

我愣住了，什么逻辑？我立刻解释："没有，姐姐怎么会不喜欢陪着宝宝呢？姐姐最爱你了。"

刚说着话，就听到外面一阵门铃响，果子拿着大包小包的行李出现在门口。

"苏苏姐，你的行李我给你拿过来了。"

"我的行李？"难怪刚才看着眼熟。

"对了，你家那边灿灿已经和你妈妈说过了，你不用担心，安心地住在方老师家吧。"

果子一转头对着方少顷说："方老师，我们苏苏姐就拜托你了，她晚上睡觉有时候会磨牙、打呼噜、流口水什么的，你多多包涵啊。"

方少顷一笑："放心吧，我会帮她改掉这些毛病的。"

"那我就先走了，那个保研的事儿就麻烦你了。"

"你放心吧，我会找人帮你推荐的，你的成绩应该没问题。"

"嗯，那拜拜了。"

"好的，再见。"

我蹲在地上，抱着小帅哥，无语又震惊地目睹他们完成了一场红果果的交易，并且我就是交易的核心人物。

和谐社会的不和谐现状总让人那么无奈。

小帅哥同情地看着我问："刚才那个姐姐是你朋友吗？"

我想起网络流行语："人生就是一个茶几，上面摆满了餐具和杯具。"于是感叹地对小帅哥说："宝宝，你要记住，这个社会就是这么残酷，在利益的驱使下，再好的朋友都会出卖你啊。"

"姐姐，我真同情你。"他摸摸我的头。

方少顷拎着我的行李走过来，对小帅哥说："谦谦，姐姐从今天开始就要住我们家了，以后你就改口叫姐姐妈妈知道吗？爸爸等姐姐毕业了就会和姐姐结婚。"

"真的吗？太好啦，太好啦，我就要苏苏姐姐做我妈妈，爸爸你真好，我有妈妈啦。"小帅哥高兴得手舞足蹈。

我目瞪口呆，方少顷口中那个会和他结婚的姐姐是我吗？为何我感觉他在说别人？所以我拉了拉他，想问问清楚。

"我……"

“你的房间在上楼左转第二间。”

“你……”

“我会为你安排好一切的，你不用担心。”

“我家……”

“你家那边我已经和你妈妈谈好了，以后我们结婚你的债就是我的债，我会帮你还的。”

“那……”

“那你现在上楼去洗洗休息吧。”

方少顷不容我说出一句完整的话，就抱起小帅哥：“谦谦，今天爸爸给你讲《阿里巴巴与四十大盗》的故事好不好啊？那一会儿上楼你先写作业还是先看电视……”方少顷完全无视了我这个几乎被他绑架来家里的小女人。

我对着他们离去的方向，看到小帅哥伸着脑袋，再一次对我投来同情的目光。

逝水流年的青春之痛，
抵死纠缠的回忆之殇。

第九章>>>
许千灵的墓园

1 »»

莫名其妙地就在方家住了下来。

第二天起来，已经日上三竿了。我忘记我昨天怎么迷迷糊糊地在房间里睡着的，似乎蜷缩在一个人的温暖怀抱里。他的身上很温暖，给我安定的感觉。

下楼去吃早餐，看到昨天在话剧社出现的老先生正在喝红茶。我突然意识到这就是我们学校不常露面的新任校长，他的事迹让钱灿灿说能说三天三夜。

他看到我很和蔼地笑了笑，我突然想起K爷爷那张慈祥的脸。我肚子咕噜了两声，声音大到所有人都听见了。

我有些不好意思地问："少顷呢？"

"公司有事儿他早上先去公司了，顺便送谦谦上学。"

我一看表，指针很明显地指在十一点的位置，我为自己这么能睡擦了一把汗。

"真不好意思，我睡过头了。"

老先生说："下来吃饭吧，少顷说你爱吃牛肉饭，特意留了一份给你。"

我扭捏地走过去，坐下。老先生往我的碗里不停地添肉，边添边说："多吃点，补一补，你看你气色太差了。夜里没有睡好吧？"

最后一句一语双关，我有点羞怯地抬头看了看面前一脸严肃的老爷子，也没敢哼唧半声，埋头吃饭。

吃完饭，老爷子带我参观了一下方园。

方园是方家在景州的住所，大到离谱，各种复古建筑环绕而立，格局布置一看就出自大师手笔，树荫青葱颇带点伦敦风，大到无法一眼望尽，像是虚无幻境中的仙岛。

"这是以前清朝一个老王爷的避暑山庄，后来被我们方家买下来做自己的宅院，找了几个建筑大师重新设计，花了三年时间改造，才变成现在的样子。"老爷子一路和我解释。

"方家大部分生意都在国外，像少顷的姑姑、叔叔都有自己的一些产业，以前在清榕还有一些祖产，但是算不上国内的大商贾，加上方家平时行事作风也很低调，外界知晓的人也并不多。"老爷子很有耐心地和我叙述方家悠久的历史。

我就像刘姥姥进入大观园，随着老爷子的带路很好奇地走着。

突然，我注意到在不远的一个地方，有一个被隔开的小别院，伴在熏暖的青色天幕下，绝世而独立地立在一处。远远望去，整个园里，种满了满天星，散发出一种说不出来的忧愁。

"那是什么地方？"我问。

老爷子的目光一紧，很快就恢复了正常："这是千灵的墓园，千灵死后，少顷就给她建了一个墓园，摆上她最喜欢的东西，有时间就过来看看她。"他看我一眼，"希望你别介意，少顷和千灵那是六年前的一段往事了。"

我看着那个墓园的方向有些发愣。满天星随风摇曳，像是记忆里的模糊画面。

"他们的事儿我听闻了一点。"我回答。

"看你也是个大度的女孩儿，关于少顷和千灵的事儿，我也是听雅萍告诉我的。六年前少顷硕士毕业说想回国度假，我们家和雅萍她家是世交，雅萍就邀请少顷到他们家玩，本来我们都以为他和千沫好了，没想到他却和千灵好上了。唉，不知道是不是孽缘……"

"爱情的事，谁也说不好。"我感叹了一下。

"六年啊，一晃眼，谦谦都长这么大了，和少顷小时候一模一样，倔犟，冷漠，不爱说话，总喜欢把自己藏起来。有时候看到他们父子对峙，仿佛看到少顷望着自己小时候的样子。"

"少顷小时候？"

"少顷小时候爸爸妈妈在一场事故中去世，很长一段时间，他几乎没有说一句话，也非常难讨好。随着年龄的增长，虽然在各方面都变得很优秀，但是内心的那份孤独一点都没有减少，我看得出他很想给谦谦温暖，可是这六年来，他不知道怎样给这个孩子快乐和温暖，或许是因为性格太相近，产生了排斥。"

方少顷，原来有这样不为人知的过往，而我，对他一点都不了解。

"还好他认识了你，这半年来，我看到他和谦谦的改变，他们脸上多了笑容，两个人的关系也亲近了许多。"

我被老爷子说得有些不好意思起来，我从来没想过自己的出现会给他们带来这么大的改变。

我和他们父子，似乎有一种与生俱来的牵连，连自己都分不清楚是不是前世结了缘。

2 >>>

我住的是主卧房，后来才知道这是方少顷的房间。

搬过来之后，我才发现方少顷比我想象中要忙得多，开不完的会，做不完的工作，半夜里还在看合同和资料。

钱灿灿说他已经没有在学校代课了，正式管理方达企业在景州的业务，至于上一次和白雅萍闹翻的新闻，景州沸沸扬扬地传了一阵子，渐渐也就平息了。

我不知道我怎么就这么乖乖就范，换一个角度说，我并不排斥现在的生活状态，早上起来吃饭、看书，有时候在园中弄弄花草。

我注意过许千灵的墓园，种着满园的满天星，一路延伸出来。从二楼的卧室看下去，可以看到微风浮动荡起的柔波。

方少顷有时候站在窗户边，夜色阑珊，看不到一点点星辰，他扶着窗，凝视墓园的位置，眉宇里似有千千结无法舒解。

有时候我推开门进来，他就站在窗边淡淡地凝视我，弯月挂在天边，他的目光让我内心涌起无限的酸楚。

他会伸手，抱我入怀，把头埋在我的脖颈间，说："苏苏，永远不要让我找不到你。"

我听着他的心跳，心口竟是疼的。

我开玩笑："如果我走了，你就娶许主播吧。"

他眉目一皱，紧紧地攥住我的胳膊，力道从指缝里传来："好不容易才找到你，我不会再让你从我身边离开。"

我拍着他的后背笑他："你这个老男人，一点也不害臊。"

他的吻如雨点般落下来，像是急于表达什么，又像是害怕失去什么。

晚上我会帮谦谦洗澡，讲故事，他习惯喊我妈妈，软软的童音甜甜地响在我的耳边，小而可爱的脑袋总喜欢钻进我怀里，就像是某个时候他曾经和我贴得这么近，近到我们都能理解彼此的心。

有一天，方少顷很忙，让我去接谦谦放学，等我到学校的时候，老师有些着急地说："你是不是方思谦的家长？方先生电话一直转到语音信箱。"

我不知道发生了什么事儿，只看到小帅哥低着头，手里紧紧抓着一张不知道是什么的纸片。

"我是他……妈妈，他怎么了？"我问老师。

一个家长拉着一个脸上涂满药水的小孩走过来，我隐约认出来这个小孩是上次小帅哥口中的"大炮"。

"你儿子怎么搞的？你看把我儿子弄成什么样子了？你们是怎么教育小孩的？还有没有家教了？"大炮的妈妈立刻加足火力向我开炮。

我仔细一看大炮那张脸，花到我差点没认出来是人类的五官，可见这孩子是下了多重的手，这还得了，以后长大了岂不是要混黑社会啊。

我拉一拉小帅哥："快点和别人道歉。"

小帅哥还是低着头，纹丝不动。

"看到没有，你们小孩就是这么没教养。"大炮妈妈继续煽风点火。

这次确实是小帅哥不对，而且他不服软的态度真的让我很恼火，我又用力拽了拽他的胳膊："快点和大炮道歉，听到没有？"

"我不！"小帅哥终于回答了我两个字，然后扭过头就往外面走。

"不道歉还想逃避。"我一把抓回他，朝他屁股狠狠打了两下，"是不是没人管你了，怎么这么不听话？做错事就要道歉，知不知道？"

他没有说话，没有哭，只是抬起头看着我，眼眶红红的，眼睛里写满了委屈。那是一种属于小孩子的难过，无法用言语表达，全写在眼睛里。

"妈妈，你和爸爸一样讨厌。"他冷冷地丢给我一句话，以最快的速度往幼儿园外面跑去。

我呆呆地站在原地，我突然意识到自己是一个不分青红皂白的顽固家长，我的脑子最近被许多的事情所侵蚀，变得没有从前那样冷静和客观了。

　　另外一个老师走过来："谦谦妈妈，你怎么能打他呢？他和大炮打架是因为大炮撕烂了他的画，他和我说这幅画要送给你和你先生的。你现在这样打他，他该有多难过。"

3 »»

　　我朝着小帅哥离开的方向找去，下午四点半，他一个六岁的孩子，会跑到哪里去呢，他从小就没有妈妈，一直排斥任何人，他最依赖的人就是我，我却打了他，在没有弄清楚原因的情况下。

　　如果你出现在景州五月的某个南风天，你会看到一个穿着朴素却头发散乱的女人满大街地找一个小孩，她突然意识到这个孩子对她的重要性，她只要一想到她弄丢了他，就如同心脏停止了跳动一样的害怕，是一种真正丢失孩子的害怕。

　　等我找到他的时候，他正停在一台雪糕车前面，大大的眼睛写满了被人遗弃的难过。单薄的蓝色外套，风吹得他有点瑟瑟发抖，远远地看过去，就像一道孤独的剪影。

　　"小朋友，是不是想吃冰激凌？你爸爸妈妈呢？"卖雪糕的师傅热情地招呼他。

　　他的眼泪蓄在眼眶里，绞着衣角，不吭声。

　　"真可怜，叔叔请你吃冰激凌好吗？"

　　他摇摇头："妈妈说，不能吃陌生人给的东西。"

　　这个时候，他还记得我对他说过的话，我的内心涌起了一股酸涩。

"宝宝。"我叫他。

他看到我，撇过头，但是没有走。

"你是这个小朋友的妈妈吧？多可爱的一个孩子，怎么能让他一个人乱跑呢，在我这车子前面站了好长时间了。问他怎么了就是不说。"

"不好意思，不好意思。"我蹲下来，抓着他的胳膊，"宝宝，对不起，妈妈和你道歉，好不好？别生妈妈气了。"

"妈妈讨厌。臭妈妈，讨厌。"他对着我喊。

"妈妈讨厌，妈妈讨厌。妈妈给你买雪糕好不好？"我哄他。

"我不吃！谁让你冤枉我。我不吃。"小帅哥耍上小脾气了。

"师傅，给我拿一个草莓的、一个巧克力的。"我买了两支冰激凌，放在小帅哥面前，"两支都好好吃，怎么办呢？你说要先吃哪个口味？"

小帅哥的眼珠子终于肯转过来了。

我笑着说："别生妈妈气了好吗？这样，如果不生气了，就吃一口冰激凌。"

他抿着嘴，有点动容了。

"妈妈的手好酸，宝宝不吃，那妈妈就丢掉了哦。"

他的俊脸没刚才那么紧绷了，假装勉为其难地说："那我就帮你拿一小会儿好了。"

我笑了笑，把冰激凌递给他，揉揉他的头发。卖冰激凌的师傅说："你看嘛，小孩子就是要哄的，哄一哄就开心了。这两支冰激凌不收你们钱了，赶紧带你儿子回家吧。"

我们一人拿着一支冰激凌走回去，下午的街道很安静，小帅哥吃一口冰激凌，抬头看我一眼，目光暖融融的。我问他："宝宝，还讨厌妈妈吗？"

"你如果答应一直都做我妈妈，我就不讨厌你了。"他回答我。

我被他的话逗笑了，停下来，帮他整理衣服。他的头发凌乱，小脸被风吹得通红，我一把抱起他，他搂住我的脖子。

"能不能告诉妈妈，你画的是什么？"我摸摸他小小的脸。

"爸爸，妈妈，还有我。"他撇撇嘴，"可是，已经撕坏了。"他把手里的碎片递给我，眼睛亮闪闪的。

我心里最柔软的地方似乎被狠狠地锤了一下，眼泪就这样一滴一滴地滚落出来。

他靠着我，缩在我的脖颈，用软软的声音说："妈妈以后都别打宝宝了好吗？"

我紧紧地搂着他，边哭边说："妈妈以后再也不打你了，再也不打你了。"

4 》》

晚上我们回家，像是没有发生任何事一样，我给他夹菜，他把饭菜吃完，我们心照不宣，没有人向方少顷提起今天下午的事。

方少顷盯着我们，咳嗽两声："你们确定没有话要对我说？"

我们俩很有默契地点点头。

"好，你们两个什么时候团结成一国的了？"方少顷放下碗筷。

"爸爸，我和妈妈一直都是一国的呀，你才是从别的地方来的哟。"小帅哥啃着肉骨头，自然地回答。

方少顷皱着眉头看我，我特意把脸转向老爷子的方向："老爷子，您喝汤，今天的冬瓜汤不知道为什么，特别好喝呢。"

老爷子捋着花白的胡子，哈哈大笑："你们这一家子，真是有意思，有意思。"

我和方少顷互看一眼。我们这一家，这个词，有点陌生，可是听在心里，又有那么点温暖。

晚上我给小帅哥讲《西游记》，他枕在我的手臂上，古灵精怪地问："妈妈，孙悟空为什么会听师父的话呢？"

"那是因为观音菩萨给了他师父一个紧箍咒，他不听话的时候，师父一念咒语他就听话了。"

他想了想，又问："那我能不能和观音菩萨也要一个呢？"

"要来干吗？"

"给你戴上，你不听话，我就让爸爸念咒语。"

"小东西，给你自己戴还差不多。"我拍拍他脑袋。

他笑起来，靠在我的怀里，撒娇一样地说："妈妈，我下次要重新画一幅好大好大的全家福，挂在房间里，有你，有爸爸，还有我，一个人都不能少。"

"傻儿子。"我亲亲他的脸，内心有种说不出的滋味。

小帅哥睡着之后，我从床上下来，腿脚因为保持一个姿势太久，有点发麻。方少顷不知道什么时候已经站在我面前，一把抱起我，朝房间走去。

他帮我按摩手臂，和第一次帮我捏的时候一样舒服，房间只开了一小盏紫色的壁灯，衬得他头顶有一圈一圈的光芒。

"这样有没有好点？"他轻声地问我。

我被问得有点恍惚，突然不知道该如何回答。

他抬头的时候，正好有一束光打在他的脸上，照出他完美深邃的五官。认识他这么久，他似乎无论从哪个角度都让人百看不腻。他性格孤僻，时而冷漠高贵，时而温柔体贴，他站起来，全世界都在仰望他的光华，如今他却能为一个女人低下身来轻声细气地说话。

很多时候，我都恍惚地觉得，这就是我要的生活，有一个我爱的男人，和一个我爱的孩子，无论天涯海角，只要和他们在一起，再辛苦、再清贫都没有关系。我不用再去想我是谁，不用理会安可和沈艺彤带给我的伤害，不用承担家里的巨额债务。只要和他在一起，他心里只有我一个人，就是此生最大的满足。

"我下午打了谦谦。"俗话说坦白从宽，再说也没有任何事情能瞒得过方少顷的眼睛。

"我知道。"他没有抬头，继续帮我捏着。

"你不问？"

"我刚才吃饭的时候问过了，你们也给了我回答，不是吗？"

"可那不是事实……"

"重要吗？"他起身坐到我旁边，"你是他的妈妈，你打他，我知道你心里也不好受。"

"我很怕自己不能做一个合格的母亲。"我拽着方少顷的衣角。那是我第一次感觉到做一个母亲的艰难。

他转过头："六年前，当千沫把谦谦交到我手里告诉我这是我的孩子的时候，我也很怕自己不能做一个好父亲，事实证明，六年过去了，我也还在学习做一个父亲。"他抚摸我的发丝："不要怕，我们在一起，一起学习做一对合格的父母，有什么困难我们一起面对，我们一定能给他他要的一切，他也能健康地成长。"

方少顷缓缓地转过我的脸："苏苏，现在的你，愿意陪我一起，陪着他成长，教育他成才吗？我相信有你在，我们这个家才会完整、才会幸福。"

"我……我……"

"我说过，我会等你，等你的心完完全全回来的那一天。"他的唇落在我的唇上，均匀而简浅的呼吸，齿间蔓延一股甘香，让我重重地迷眩。

"再也不要离开我了，好不好？"他呓语般的声音，像是说给我听，也像说给旧时光里的另一个人听。

他身上淡淡的香味，他的肌肤，他的吻，他的甜蜜，是真实的，却又那么遥远。

5 >>>

毕业典礼之前，方少顷要出国谈一个项目，为时半个月。

临走的时候，他带我到方园的草坪上看星星，有小小的虫子在我们手心里跳来跳去，他把我紧紧地抱在怀里，温热的唇贴着我的耳朵，轻声地说："苏苏，等我回来，我们办一场隆重的婚礼，我要让你成为全世界最幸福的新娘。"

"这就算求婚了啊？这么简陋？谁要嫁给你。"我假装不满转过身。

方少顷从身后抱住我，把头放在我的肩膀："苏苏，对于一个三十岁的男人来说，承诺已经是最大的勇气，年轻的时候我不敢对任何人承诺，因为我怕我自己无法给予，现在我能亲口对你说，就代表，你在我的心里，已经有着无可替代的位置。我要和你永远在一起，不管过去怎样，我相信我们的未来，一定会很幸福。"

"老男人讲情话真是肉麻。"我笑他，却流下了眼泪。

他吻了吻我的脸颊："别哭，苏苏，要笑着做我美丽的新娘。"

我记得那个晚上的月亮非常圆，挂在天幕下像是银色的轮盘，闪闪发光，我抱着方少顷。月光下我们的影子在草地上拉得很长很长，像一对比翼双飞的蝴蝶。

我想把自己托付给他，虽然曾经我觉得将自己托付给另一个人是一件太危险的事。可是现在，我愿意试一试。

试一试，这样的爱情，能不能有奇迹。

方少顷带着简单的行李走了，走的时候小帅哥在门口和方少顷道别。

"爸爸，早点回来，我和妈妈在家等你。"

他蹲下来，露出温柔的笑："乖乖听妈妈的话，爸爸一工作完就立刻回来。"

他撇着嘴，点点头，想哭又忍住了。

方少顷的车开出门，老爷子在门口对我说："以前他们父子关系势如水火，是你改变了他们。"

我笑笑，没有回答。

其实他们势如水火只是他们没有找到相处之道罢了。我只不过，充当了一把钥匙。

6 »»

小帅哥放暑假前的最后一周，学校组织了一个郊游的活动，小帅哥非逼着我给他做东西带去吃。我站在厨房里，和师傅们商量了一下，最后决定做点寿司做主食。

以前为了表示贤惠，给安可做过一次爱心寿司，萝卜、黄瓜、火腿、鱼子酱乱放一通，切出来的造型惨不忍睹，人神共愤，再经过车子40分钟的颠簸以及劣质饭盒的摧残，等安可把寿司打开的时候看见的只有一团早已散乱的饭和菜。

我羞愧得差点没钻到树洞里面去。

后来安可从隔壁的超市买了蓝色和粉色的两支一次性勺子递给我，他皱皱眉，假装无奈地说："现在我们把寿司当成蛋炒饭来吃吧。"

烈日曝晒下，我们两个人坐在草坪上吃一盒寿司蛋炒饭，太阳把我们额头照出一颗一颗的汗珠，我们像两个傻瓜，光看着彼此，都觉得是一种甜蜜。

这么久了，我总会怀念那些早该忘记的过去。然后缩在那些青春的夹缝里，暗自垂泪。

关于爱情的记忆，我们都将它收藏，而今后的幸福，我们终究还在找寻。

在切寿司的时候，我差点切到手指，师傅担惊受怕地说："薛小姐，我看还是让我来吧，如果你受伤了，我怕少爷会怪我们。"

"我会注意的，不会让你们为难。毕竟这是我第一次为谦谦做东西，我还是希望能尽我所能，做到最好。"

"你待小少爷真好，感觉就像亲妈妈一样。"师傅帮我打开鱼子酱的罐头。

我的脑海里突然出现了另一个女孩的脸，只是一瞬间，在师傅的话里，闪进了一点点的片段。

第二天，我们带着满满的两大盒寿司和薯片、面包、饼干、果汁、水，把两个背包塞得满满的。

在校车上，我遇到了安可。他牵着甜甜，静静地坐在人群里，捧着一本儿童漫画。

密密麻麻的人群里，一眼就能望见安可，无论过去多少年，那种一眼望见的感觉从未改变。

我们到的时候比较晚，四个人的位置，只剩下安可和甜甜旁边有空位，小帅哥看我一眼："妈妈，我们坐甜甜旁边好不好？"

安可抬头，看到我，眼中闪过一丝诧异，我一直在等他来找我，告诉我事实的真相，我等了这么久，他都没有来，今天，却以这种方式相遇。

"方思谦家长，请坐好。"老师拍拍手，"所有小朋友都到齐了，我们现在可以走了。"

没有选择，我只好拉着小帅哥走到安可旁边，安可坐在最里面，我坐在最外面，两个小家伙坐中间，一坐到一起，就开始快乐地聊天。

"甜甜，我妈妈昨天给我做了好好吃的寿司，我等下分你一点儿。"

"我妈妈也给我做了蛋糕……"

"蛋糕多甜呀，不好吃。"

"我妈妈做的蛋糕可好吃了，巧克力味的……"

……

我静静地靠在椅背上，不说话，车子颠簸得厉害，我突然阵阵反胃，才发现自己忘记带晕车药了。

"给。"安可递过来两颗晕车药，白色的药丸在手心里躺着。

"你怎么会带？"安可从来不晕车，以前我们去哪里，他都是带给我。

我把药塞到嘴里，喝了两口水。

"习惯带了，没想到真的用得上。"他看着窗外，轻声地回答。他的声音那么轻，传入我的耳朵里却那么重，一声一声，撞击着我的心。

车子开到郊外就停了下来，这一片的景色相当好，青山绿水，葱郁的大树。很多孩子跟着老师，跟着家长搭帐篷，捡小石头，做游戏。小帅哥和甜甜手拉着手跑来跑去，远远地看去，是一片幸福欢乐的气氛。

"苏苏，你真的和方少顷在一起了吗？"不知不觉安可已经走到我的旁边，拿起小石子投向湖里。

我思索了片刻，点了点头。

"我希望，他能给你幸福。"安可垂下眼睑，目光萧索。

"幸福未必是别人给予的，幸福多半，还是来自自己。"我席地而坐，拿出一台PSP。

安可也坐下，有些无聊地拨弄他的头发，以前他的头发很容易卷翘，每次我看到他，都要帮他整理，他总是静静地看着我，一句话都不说。

他说过，我帮他整理头发时的样子最美，像是一个尽责的妻子，我每次都被他的用词弄得羞红了脸。

"上次艺彤的话……"他顿了顿，我按了STOP键，停下来，可是目光依然盯着屏幕。

"从你四年前回来，突然出现在我们面前，告诉我们你失忆那天开始，似乎一切都注定是个错误……"

我捏着PSP，有种眩晕的感觉。

"你一定很想知道，你自己是谁吧？"安可抱着双膝，目光幽静。

"其实，你是……"

"不好啦，有人摔伤了，不好啦，有人摔伤了。"只听见纷纷扬扬的吵闹声一声叠着一声在周围此起彼伏。我突然有种不祥的预感，立刻起身朝那个方向跑去。

我看到小帅哥摔倒在一棵树下，额头正汩汩地冒着血。

老师已经在一旁焦急地拨着电话，我冲过去，一把抱起小帅哥大喊："司机，司机呢，快送我儿子去医院。"

7 》》

我已经有很多次在医院里等待医生的检查结果，妈妈眼睛的治疗，爸爸车祸住院，小帅哥摔伤了头，我从演奏厅的台子上摔下来。许许多多的过往，都是闻着消毒水的味道，迎着医院的白色背景一晃而过。

安可说了一半的话，把我的记忆倒退到四年前。

四年前，昏迷了两年的薛流苏刚刚苏醒，回到了景州继续她的大学生活。她丢失了所有的记忆，她所有的记忆都来源于周围人的讲述，和她失忆前留下来的五本日记本。

关于薛流苏发生在六年前的事故，那是她一直不愿提起的过去。

六年前的薛流苏还是景州大学考古系大二的学生，天才跳级少女，十六岁入学，十八岁已经大二，在学校里被所有人称道，是教授最得意的门生。

大一那年的暑假，她独自到千灯镇的山谷采风，不慎跌落山崖，在省城的医院抢救过来后已经成为了植物人，她爸爸将她送到国外治疗，当她苏醒过来，已经是两年后。

她失去了所有记忆。

那些关于安可，关于青春，复杂而纠结的心情，所有的描述，都是从那些日记里复制的。

而现在的薛流苏，唯一记得的，就是醒来的这四年。

在她苏醒过来的头一年，她向她的家人、朋友，都问过她以前的事，所有人的叙述都不能唤起她半点的记忆，渐渐地，她便不再热衷于咨询她的过往。她开始慢慢接受现在的生活，她再也考不出年级第一的成绩，她失去了天才少女的光环，许多人开始瞧不起她，这才是她遭到非议的最初原因。

她除了拥有一张薛流苏的脸，她的声音、性格、爱好、成绩，都和之前的薛流苏不一样。所有人都以为这是昏迷的后遗症，她也理所当然地接受了。

这些，是我从未提及的过去，在安可的叙述中，又逐一地回到我的脑海中。

8 》》

"还好摔得不是很严重，应该没什么大碍了。不过以后一定要注意，知道吗？"医生对我嘱咐。

"知道了。谢谢医生。"我拉着小帅哥，假装生气，"那么爱爬树，干吗不挂到树上去啊？"

"孙悟空就是这样的。"小帅哥对我摆了一个挠头的姿势。

"都是四大名著惹的祸，你让我怎么和你爸爸交代！"我看着他头上绑着的纱布，有点无奈。

"我们就像上次一样，不告诉爸爸。"他给我出主意。

"你以为我们不说，你爸爸就不知道了？"以方少顷的本事，没有到不了他耳朵里的消息。我伸手，"来，妈妈带你回家好好休息。"

"那一会儿能吃一块巧克力吗？"他问我。

"吃吧。"

"我还想喝杯奶茶好吗？"他又问。

"给你买，给你买。"

"晚上我要听三个故事才睡觉。"他得寸进尺。

"好啦，都依你。讨债鬼。"我无奈。

"我要妈妈背我。"最后他提议。

我恨得咬牙切齿，但还是把背给他了。他趴在我背上，我听到他窃窃地笑了笑。

"摔伤了还笑成那样，不会是摔傻了吧？"我和他开玩笑。

"妈妈才傻。"他又笑了，"宝宝觉得生病的时候有妈妈照顾好幸福的嘛。"他的声音软软甜甜地灌进我的耳朵。

"小傻瓜，真是个小傻瓜。"我抿着嘴微微地笑了起来。

这个小东西总能让我担惊受怕，却让我拥有无数的甜蜜。

走出医院的时候，已经不见了安可的身影，星辉下，只有我自己孤独的影子落在地面上。

安可未说完的话，发生在几年前的故事，这其中的真相到底是什么？似乎我错过了一次与它们相交的机会。

9 ⟩⟩⟩

毕业典礼开在阳光灿烂的六月，走在校园的时候我看着这所混了四年的学校和这路上我认识或者不认识的学子们，突然有种依依不舍的感觉。

四年的记忆，是我仅存的记忆，对于我来说，是最真实的记忆，因为少，所以显得弥足珍贵。

我站在曾经安可他们站过的雕像下面和一大群小萝莉拍照。经过钱灿灿的宣扬，所有人都知道我即将成为方太太的事情，所以很多之前对我抱有鄙夷目光的人都很友善地过来和我握手表示亲热。

世界还是这么现实，我已经接受很多年了。

全系的人拍集体照的时候，我看到沈艺彤站在对面看着我。

其实这么多年，我除了对帅哥林安可一眼看到就花痴，对沈艺彤这样的美女也同样没有忽略。有一种人是因为你喜欢，所以感觉与众不同，而另一种人是因为你嫉妒，而觉得她刺眼的突出。

沈艺彤就是后者，曾经多少次，我看到她和安可站在一起，堆叠出一幅幅绝美的画面，忍不住感慨上帝的工艺如此精湛，以至于后来我和安可走在一起，都有一种小丑的自卑心态。

沈艺彤表现出我从未见过的平静，她说："流苏姐，你有没有时间？我带你去一个地方。"

我知道该来的总归是要来，掩耳盗铃不可能过一辈子。

既然安可不知如何面对我，那么由沈艺彤来面对我，也没有什么不妥。

10 »

沈艺彤带我去的地方，是学校的音乐礼堂。这是隶属艺术系的音乐礼堂，音乐系但凡有表演和期末考试，都在这里进行。我以前和安可来过很多次，他拉小提琴的样子高贵清雅，我在梦中都能想起。

沈艺彤坐在三角钢琴旁，转过头对我说："流苏姐，你坐过来吧。"

我很配合地坐过去了，她开始弹奏一首曲子，旋律婉转轻灵。曲毕，她站起来，对着我说："流苏姐，你还记得这首曲子吗？"

我点头："约翰尼·斯文德森的'浪漫小提琴曲'。"

她笑一笑，站在台子上，轻轻地踱着步："这首曲子，是大二的时候我们在出租车上听的那首，虽然那天你闹了一个大笑话，安可却没有笑。我在他的怀里，看到他看着你印在玻璃窗上的脸，有一种我从来没见过的细腻温柔。"

我没有讲话，我等着她把话说完。

"小时候，我就很喜欢安可，我没有见过一个男孩子能像安可那么高贵，哪怕他不说话，让你看着都是安心的。后来我们在一个学校读书，他学小提琴，我学钢琴，我想要追上他的脚步，那么努力地让自己变好，他却喜欢你，默默地喜欢了你那么多年。他告诉我你多么出众，你的想法多么与众不同，你和所有的女孩子都不一样，你几乎是他的女神。你跳级考大学，他因为见不到你而难过得几天没有说话，他去你学校看你，爬到高高的树上，说那里可以看到你宿舍的位置。他爱你爱得这么谦卑，谦卑到让人心疼。"

沈艺彤站在台子中间，面朝着我，棕色的碎点蓬蓬裙让她的脸显得光彩怡然，她在和我说安可和薛流苏曾经的故事，这是一个互相暗恋的故事，在岁月中成为所有人嫉妒的过往。

"本来我从来不奢望安可能看到我，因为我知道在他的心里，永远只有你一个，可是你大二的时候去千灯镇采风失足跌落，你被你爸爸带到国外去治疗，医生说你可能一辈子都是植物人。安可那段时间情绪非常糟糕，整个暑假都把自己关在房间里看你们的照片，茶饭不思，泪流不止，你不知道那个暑假，他整整瘦了二十斤，瘦到所有人看到他都以为他要死了。我在他身边安慰他、陪伴他、开导他。渐渐地，他走出你的事件的阴影，他和我的距离拉近了许多。开学之后，我们成了全系公认的一对，我以为这就是幸福的开始，只要我努力，他总有一天会完全地忘记你而爱上我的。"

她有些悲凉："可是，你为什么突然又回来了呢？你出现了，你失忆了，你打乱了我们的生活，你让安可的心在你的身上飘忽不定，你把我好不容易得到的安可又抢走了。

"我不甘心，派人去查你，当我看到资料，才知道原来你根本不是薛流苏，你是一个冒牌货而已，当安可知道你根本不是薛流苏的时候，就觉得自己上当受骗了，当天晚上就和我在一起了，你这个冒牌货，你欺骗了所有人。安可爱的从来都不是你，他爱的那个人，早就已经死了。"沈艺彤强调"死了"这个词，咬牙切齿。

我抬了抬头对她说："那么，你今天约我来这里，是为了告诉我安可并不爱我，让我对他死了心好成全你们，是吗？"

沈艺彤可能没想到我会这么淡定地回答她，她有片刻的错愕。

我叹口气："痴心不悔地爱着一个对别人痴心的人，真的是一件悲惨的事。即使真正的薛流苏已经死了，安可还是不爱你，你真正不甘心的不是我冒充了薛流苏，而是安可从来没有爱过你，对吗？"

"你胡说！安可怎么可能没有爱过我！他是被你勾引的，如果你没有回来，安可一定会好好爱我，如果他不爱我，我又怎么会怀上他的孩子？是他认清了你这个女人的真实面目，他才决定回到我身边。"沈艺彤很激动，一直指着我。

"两个人在一起一个巴掌拍不响，安可和我在一起那么久，就算我不是薛流苏，我们的感情却是真实存在过的，我感受到他的爱，我相信他爱过我。"我笑了笑，在钢琴上敲下一个音符，"你之所以怀了他的孩子，是因为那晚他知道我不是薛流苏之后喝了很多酒，把你错当成我，他选择和你在一起而离开我，也是因为你威胁他如果他继续留在我身边，你会动用你所有的关系让我无法在景州生存下去。"

"你……你……"

沈艺彤的脸色发青，她一定没有想到我知道这些内幕，其实在我住在方少顷家这段时间，我接到了安可妈妈的电话，她将当年的部分事情告知了我。

我爱过的那个安可，他的内心拥有过我们永远无法理解的挣扎和痛苦。

我合上钢琴盖子，站起来："如果我没有猜错，当年我爸爸那个项目的合作方突然撤资，也是你爸爸从中做的手脚吧？你想要害我，用尽了一切方法，只是为了得到一个不爱你的男人，可悲又可叹。"

沈艺彤已经说不出话来了，这么多年我总有能力让她和我对话都以"你……"收场，每一次我都有一种打败敌人的快感。

可是这一次，我赢了，却一点儿也不开心。我知道有些事情一旦发生了永远都无法弥补和挽救，爱情上没有谁赢谁输，我们三个人，在这场战役里，谁都没有获得幸福，谁都没有赢。

生活中总是充满了无奈，开始的时候我们都以为我们能改变世界，到后来，我们才明白，是世界改变了我们。

我准备要走了，沈艺彤快速走到台子旁边，不知道拉动了什么地方，突然我的头顶有一个巨大的东西砸了下来，在我来不及跑开时，我已经被一个人抱在怀里，那个巨大的东西狠狠地砸在他的手上。

眼前是安可那张完美的脸，音乐大厅的光照出他额头上细密的汗珠，她咬着唇，脸孔泛着青白。

沈艺彤已经吓傻了，坐在地上，口中不停地呢喃："为什么，为什么，你真的还爱她？哪怕她已经不是薛流苏，你还这么爱她。"她的眼神第一次那么绝望。

"苏苏，你有没有事？"安可虚弱地问我。

我摇头，眼眶突然蓄满了眼泪。

他笑了笑："没事……就……好。"

安可痛得昏了过去。

逝水流年的青春之痛，
抵死纠缠的回忆之殇。

第十章>>>

幸福的真相，徒有其名

1 »»

我坐在病房外面，将这么长久的故事重新地回忆了一遍。

炽热的灯光打在我的头顶，我的脑子像是一团糨糊。

医生从病房走出来，对着安可的妈妈说："身体没有什么大碍，但是手受到了严重的撞击，不能完全恢复成原来的样子了。"

"那还能拉小提琴吗？"安可妈妈紧张地问。

医生有些迟疑地摇摇头："如果他坚持复健，慢的话五年，快的话也要两年才能恢复。"

"这怎么行？这几年是安可事业的高峰，突然停下来，他的前途怎么办，怎么办？"林安宁在旁边大声地喊。

我隔着半掩的门，看到安可微微睁开的眼睛哀伤地盯着天花板，我想起他曾经告诉过我他对小提琴有着怎样的梦想，他要走上国际，让全世界的人都认识他，让所有人都相信他有这个实力。现在，他却为了我，不得不放弃这个梦想。

我推开门进去，安可看到我，只是微微地笑了笑，他白净的脸同我第一次见到他的时候一模一样，岁月带走了我们的欢乐，却永远带不走他留给我的记忆。

我握住安可的手，想说点儿什么安慰他，可是我发现所有的话都显得那么苍白。

"不要哭，苏苏。"

不知何时我已经流下眼泪。

"每个人都有自己的选择，哪怕后果是他不能预料的，他都应该为自己的选择负责，当初我选择离开你，是我这辈子做过的最后悔的事，我不确定我到底爱的是原来的薛流苏，还是现在的薛流苏，我迟疑了、犹豫了，从那个时候开始，我就应该明白，我已经永远失去你了。"

他抿了抿嘴，有些无奈地笑了笑："这两年，我一直在想，我到底爱过你没有，到刚才，我才知道，原来我一直爱的都是你。薛流苏她是我整个中学时代的梦想，是我仰望的师姐，而你，才是真实地陪伴在我身边爱过我这么长时间的人。我怎么会说我爱的人从来不是你呢？每次看到你悲伤的表情，我的心比任何人都要疼痛。它们时刻都在煎熬着我的内心，让我永远无法快乐。"细小的眼泪顺着安可的眼角一滴一滴地滑落下来，落在白色的枕头上，像一条弯曲的河流。

我用手给他擦去眼泪，如同曾经我总喜欢把手放在他的脸上凝视他一样。

我听到自己内心深深地叹息，对我这二十多年人生的叹息，对这不符合逻辑发展的故事的叹息。

2 》》

我快速地收拾了在方家的所有东西，不管老爷子如何反对，坚持把所有的东西都搬走。

我选了一个小帅哥还没有放学的时间，拖着沉重的行李，离开了"方园"。

阴雨绵绵的天，仿佛我此刻的心情。

安可的事件，让我想起了所有的事，似乎只是一瞬间，所有被记忆遗忘的前尘往事一并涌进了我的脑海。

就在我的二十四岁即将结束的时候，就在我大学毕业的时候，就在我决定要和方少顷结婚的时候，我恢复了关于另一个女人的所有记忆，那才是属于我的真实记忆。

所有人都知道我是薛流苏，所有人都以为我在六年前跌下山谷昏迷不醒，所有人都以为天才少女突然变成平凡少女是正常的现象。

其实这一切的一切，都是一个错综复杂的故事。

一如沈艺彤所说，我不是薛流苏，我只是一个有薛流苏脸孔而代替她活下来的人。

我真正的身份，我到今天才完全地记起来。

我就是那个早在六年前就应该难产死去的许千灵。

3 >>>

让时光倒退回七年前的初夏。知了声声，流水潺潺，时光静静流淌在清榕这座古朴安逸的城市。

那是许千灵来到许家的第四个年头。

自从她妈妈死后，她就被爸爸接到许家来居住。她遭人白眼，受人排挤，不被人尊重。

都只因为，她的妈妈是他爸爸在外面包养的二奶。

二奶所生的私生子从来就是被人看不起的，许千灵也不例外。尽管她那时候只有十三岁，却已经看尽了世间的阴暗和沧桑，沉默和冷漠，就是她保护自己最好的盔甲。

从她踏入许家开始，她就学会沉默不语、宠辱不惊，不管大妈用怎样的态度来面对她，不管姐姐用怎样恶毒的方法来整她，她都默默地将这些屈辱吞到肚子里去。

她相信只要她够坚强、够勇敢，总有一天会离开这里，不靠任何人，好好地活下去。

她喜欢种满天星，每日都给它们浇水，看它们枯萎，看世间万物的交替。她渐渐长成凛冽决绝孤傲的样子，学校里陆陆续续也有人给她塞情书、表白，她不为所动地全部丢到垃圾桶。

她十七岁的那年，在那个阴雨绵绵的夏初，遇见了从美国归来的他。

方少顷，她第一次见到他时，怎么也想不到，这个男人，会颠覆她的一生。

从最初的排斥，到后来的相爱，二十四岁的大男孩总是异于校园那些毛头小伙，他带她去海边抓螃蟹，带着她奔跑在枫树林里，他也许过她美好的未来，让她一点点地卸下心房，脱去盔甲。

十七岁的少女渐渐地将她的心托付给这个男人，他让她觉得孤独的世界里多了一个依靠的臂膀，她的生命重燃火光。她愿意为他付出所有的一切，痴痴傻傻地等待他一生。

她没有想到，两个月的暑假结束，却得知了方少顷要回美国的消息，他承诺等她大学毕业，会来带她走，她看到那时候他眼睛里的怯懦。她发现自己怀孕了，打电话给他，他像安抚一只小猫一样对她说，"打了吧，你还那么小，怎么能生一个孩子呢？"

她的心跌至谷底。她对这个男人，在一瞬间，失去了所有的信任和依靠。

她突然明白了妈妈年复一年守着一个不可能实现的承诺郁郁而终的心情，爱让人纠缠，让人受伤，让人执迷不悔，她翻然醒悟。

她办了休学手续，卖掉了妈妈留给她的所有值钱的东西来到了离清榕很遥远的千灯镇居住。在这个孤独的尘世，她找不到第二个爱她的人，她想要生下这个孩子，成为她的寄托。

4 »

许千灵一直记得她来到千灯镇的那个晚上，有浓重的雾气。

这是一个很有历史的古镇，从清朝遗留至今，一路上青山绿水，融合夕阳西下的风光，像是世外桃源。

"小姑娘，你一个人这么晚来这里做什么？"司机有些好奇地询问，这里似乎不是孤身女子会来的地方。

"见朋友。"她闭上眼睛，不再理会司机聒噪的声音。

隐约间，她听到了清脆的鸟叫，还有似乎从山谷里发出的笛声。

她让司机停下车，千灯镇的牌坊大大地矗立在她的眼前，巍峨有气势，两边挂着两盏宝蓝色的纸灯，在风中飘扬。

她走在这个古镇里，江南古镇总是水美风清，船只漫漫，但是千灯镇却笼罩在一片浓重的雾气中，看上去更像是画中仙境。

许千灵停在一栋红色木漆的木楼门口，掏出钥匙，打开大门。

"吱呀"一声，门开了。打开奶白色的灯，铜镜前的身躯干瘦，长而枯燥的发直直地披散下来，巴掌大的脸孔有些微微的苍白，透着虚弱，她嫩粉色的圆点长裙随着窗外吹来的风飘摇着，眉心一点红色的痣嵌在精致的脸庞上，显得那样忧伤。

千灯镇上明灭的火光，透迤摇曳，像是银河，她倚靠在窗棂前，目光空洞。

她在这个古镇住了下来，白天在一间糕点店帮忙，夜晚坐在灯下为她的孩子织毛衣，室内点一根毓草，这种草点在室内可驱蚊，也可让人心旷神怡。

许家所有人都以为她到乡下去养身体了，没有人关心她过得好不好，自从她妈妈死后，她便失去了所有依靠，在这孤独的世界想找一个让自己坚强活下去的理由都没有，这个孩子，虽然不被人所看重，却是她心中唯一的依附和希望。

十七岁的年纪，同龄的女孩儿都还在无忧无虑地玩耍，她却要肩负起一个母亲的责任。

就在她生完孩子没多久的某一天，她在山崖边摘毓草，有一个人，从她的身后，重重地一推。

她就从山崖跌落下去，醒来之后，她成了薛流苏，并且失去了以前的所有记忆，代替薛流苏活了下来。

5 »»

我回了一趟家，妈妈在炖红糖鸡蛋，奶奶还是和以前一样坐在屋檐下剪喜鹊。她们看到我都很关心地走过来看着我说："苏苏，你回来了？在方家过得好不好？"

我站在客厅，望着爸爸的照片，似乎他的音容笑貌都还在我的眼前，他给我买生活用品，他坐在客厅抽烟，他无奈地看着我叫我苏苏。

它们都如此真实地出现在我的记忆里，可是这些，原本都是属于薛流苏的记忆。

妈妈端了红糖鸡蛋给我吃："苏苏，趁热吃了，今天回家怎么也没打电话？方先生上次打电话来说你要在他家住一段时间教他儿子功课呢。"

我没有说话，静静地看着爸爸的照片。

妈妈发现我有些不对劲："苏苏，你怎么了？是不是不舒服？"

我摇头，看着妈妈："妈，其实我不是真正的薛流苏，对吗？"

老屋子的房顶在滴水，妈妈的脸一瞬间变得极其不自然，我的话就像一个炸弹，吓得她脸色发白。

"苏苏……你……你在乱说什么？"妈妈想要掩饰她的慌乱。

我走到妈妈面前："我想起来了，妈妈，我不是薛流苏，我是另一个人，你就不要再瞒我了。"

妈妈用力地绞着围裙，低着头，许久之后，像是下定了决心，迎面看着我："既然你都想起来了，那我也没什么好瞒着你的了。你不是我们的女儿薛流苏，我们的女儿薛流苏早在六年前已经掉下山谷当场死亡了，苏苏爸爸在她的尸体旁边发现了你，把你带回省城的医院救治，你被抢救过来了，却成了植物人。苏苏爸爸去查你的身世，发现你们家里已经宣告你死亡，那时候我还不知道流苏已经死了的事，流苏爸爸怕奶奶和我一时间受不了苏苏死亡的打击，就把你带出国整了容，对我们就说你成了植物人要到国外接受最好的治疗。他起初是想你一辈子也醒不过来，你们家的人都断定你死了，那就给我们留一点儿希望和念想吧，没想到两年后你苏醒了，却失了忆。"

妈妈说得有些激动和悲伤："你或许会觉得你爸爸很自私，不让你和你家里人团聚，可是他后来一直活在内疚和自责中，我看得出来，他好几次都想告诉你事情的真相，可是看到你这么听话乖巧，他又不忍心。"

那个并不是我爸爸的爸爸，他给予了我曾经我没有体会过的父爱，我又有什么资格责怪他呢？他带我离开了那个牢笼，那座炼狱，我的内心对他只有感激。

"虽然开始我就觉得你和流苏不一样，可是或许我不愿意相信流苏已经死去的事实，我一直都把你当成自己的女儿来疼爱，直到流苏爸爸去世的时候把事情的真相告诉了我，我才知道你真的不是我们的流苏。可是这么多年的相处，我已经把你当亲生女儿了，我真的不想让你离开我们。"妈妈的眼泪顺着眼角流下来，"你能原谅我们的自私吗？"妈妈捂住脸，开始哭。我的心也跟着揪成一团。

桌子上的红糖鸡蛋已经渐渐凉了，妈妈的抽泣声在这个不平凡的夏夜里持续了许久许久。

我坐在镜子前端详自己这张薛流苏的脸，平凡而温婉的眼角眉梢，眼下有一颗很小的泪痣，红润的双唇，瘦而蜡黄的脸颊，笑起来，有对这个世间无奈的眼神。

我想曾经的薛流苏，一定是无忧无虑的女孩儿，她喜欢一个比自己小的男孩儿很多年，她的人生是骄傲而丰富的。

可是她和我在那个山谷相遇，我成了她，借了她的身份，我的人生重新开始。

前尘往事，如同梦幻一样倾倒进我的记忆。震惊的同时，我对方少顷的恨从内心深处迸发而出，原来这么长时间以来我以为的幸福，不过是一场多年后的弥补。

回忆起和方少顷在一起的这一年，许多的细节串联起来，想必他一早就知道我的真实身份。

方少顷的出现，真的如同许千沫所说的那般，是为了赎罪？聪明如他，是否在一开始就已经知道了这所有的真相，他知道我是许千灵，他只是想弥补他对我的亏欠。

这个从开始就口口声声说爱我的男人，早在七年前，就已将我丢下。

夜里的凉风灌入我的身体里，我提着重重的行李，朝火车站的方向走去。

6 »»

"什么？薛小姐离开了？"

这是方少顷回到家，听到的第一件事。

"是的，先生，我们已经尽力挽留薛小姐了，但她还是匆忙地离开了，我们拨打你的电话，始终无法接通。"

这几天方少顷一直在谈一个重大的案子，电话一直关机，他想赶紧做完手头的工作，就回来和薛流苏结婚。没想到，一下飞机，等待他的就是这样一个惊天的消息。

"少顷，不知道苏苏知道了什么，那天走得很急，我说等你回来，她就是摇头，一句话也不讲。"

"小少爷这两天天天都哭着要找妈妈，我们怎么哄都没用。"一旁的用人说道，"薛小姐平时那么疼爱小少爷，怎么舍得把他丢在这里？"

方少顷像是突然意识到什么，从公文包里翻出手机，打电话给薛流苏，但是电话那头只有一个陌生的声音提示对方已关机。

他又拨号给钱灿灿，钱灿灿说很久没有看到苏苏了。

他的手开始瑟瑟发抖，他把电话拨到了林安可那里："林安可，你知道苏苏去了哪里吗？"

安可停顿了一下说："我想苏苏她想一个人冷静一下吧。"

"冷静？"他感到惴惴不安。

"苏苏好像都知道了，她想起来了。"

方少顷的手机在安可的声音断开的一瞬间跌在了客厅的地板上，她知道了？她都知道了，所以她离开他，永远都不想见到他了。

他不敢相信，丢下手上的公文包，发了疯似的朝外面跑去。

他突然有一种不祥的预感，苏苏不见了，她知道了一切，她要离开他。

他跑到外面才发现自己忘了开车出来，只好拦了一辆出租车："师傅，清平街。"

"先生，清平街那个路段最近在修路，要绕道行驶，您看？"

他下了车，开始在大街上奔跑。他耳边只有一个声音，苏苏，他一定要找到苏苏。他不能再一次忍受失去她的痛苦，七年前的错误让他悔不当初，他那么努力地想要弥补，他真的不想再一次失去她。

他不知道自己跑了多久，才跑到那个巷子里，青灰色的砖瓦，长满青苔的墙壁，他急急地敲响那扇熟悉的大门。

来开门的是苏苏的妈妈。

"苏苏呢？"他问。

她妈妈神色黯然："苏苏走了，她说她要好好想想，是我们对不起她，害了她。"她妈妈两眼通红，一看就没睡好。

方少顷不相信，跑到她的房间里，里面没有人，空荡荡的屋子，只有苏苏留下来的一个便条："我走了，不用找我。"

他捏着那张便条，冲出房门，跑向景大。

他不相信苏苏就这样走了，甚至没有和他说一句道别的

蓝色伤痕
文学系列
07

227>

话，哪怕是骂他、打他，他都不害怕，他最害怕的就是找不到她。

他第一次发现，再一次丢失心爱的人，仿佛被人活生生地挖去一颗心，一阵风都能吹凉他的四肢，让他每一步都像到达地狱。

从来没有人看过方少顷那样疯狂的一面，完全不顾及形象地奔跑在景大的校园，他跑到宿舍里找她，宿舍里没有她的任何东西，他问别人，所有人都说没有见过她。

最后他真的累了，站在那个曾经抱着她离开的音乐大楼的榕树下抬头仰望着天空。

便条已经在他的手心里攥成了皱巴巴的一团，他对着音乐大楼用力地喊："薛流苏，你给我出来，薛流苏，你到哪里去了？"他的声音急切，一遍一遍地回荡在空旷的音乐大楼里，有学生站在长廊上向下张望，看他几乎发疯地嘶喊。

雨开始大滴大滴地落下来，他的声音渐渐沙哑，他半蹲在地上，绝望地抱着头，泪水混着雨水而下："苏苏，你回来吧，我真的不能没有你。"

萧索的背影掩不住颓废，隐没在狂风暴雨中，路过的人都纷纷叹息。

薛流苏走了，那个在六年前摔下山谷死去的许千灵，那个代替薛流苏活着的许千灵，再一次彻底地离开了他。

没有责备，没有质问，没有等他忏悔。

她用离开，重重地惩罚了他。

7 〉〉〉

意大利复古装潢的房间里，散落一地的空酒瓶，绿色的窗帘从西北角大片大片地漫下来，投下了浓重的阴影。

方少顷坐在墙角喝着一大杯威士忌，他的头发散乱，胡楂冒了出来，手里燃着一支大卫杜夫，凶烈的烟刺激了他的肺，酒却让他更加清醒。

往日的点点滴滴涌上心头，那是他七年前最甜蜜却也最懊悔的一段时光。

七年前他来到一个名叫清榕的城市，硕士毕业又样貌俊朗加上优越的身家背景，追他的女孩子多如沙石，而他只是想到这个城市度假休憩。

在白雅萍的热情邀请之下，他住进了许家的大屋。那个时候，他并不是一个喜欢言语的人，正是因为这种冷酷，给他增添了几分神秘，使得他一到许家，就受到了许千沫的强烈追求。

他并没有正面拒绝她，他只想在这里度假，度假之后，回到美国发展自己的事业。

他第一次见到那个女孩儿时，她在喂一只瘸腿的小猫吃东西，她看上去还没有长大，有一双小巧玲珑的眼睛，沉默在夜色里，透出一股冷傲和清冷。

他似乎看到了另一个自己。那个自从父母过世之后，就用冷漠拒绝世人的小孩，孤独，冷漠，活在自己的世界，不与外界联系。

她抚摸那只小猫，小猫却抓伤了她的手，她没有对小猫怒言相向，只是握住自己的手站了起来。

他们第一次面对面，就是在那个晚上。

满园的满天星都开了，映衬着天幕上的星星，她穿一件素蓝的裙子，拎着一只竹篮站在对面，她看到他，有一点点诧异，但很快就恢复了拒人千里的冷漠。

她从他的身旁经过，并没有说任何话，他只闻到她身上淡淡的花香。

他向别人打听，才知道，她是许家老爷在外面养的情人所生，直到母亲死后才被接回来住，平日里在许家，并不招人喜欢，特别是白夫人和许千沫几乎没有用好脸色对待过她。

无缘无故地开始留意她，为她送去防感染疫苗，不管她同意不同意，就强行帮她打上。

"我叫方少顷，你可以叫我少顷。"他这样介绍自己。

女孩没有理他，咬着唇盯着他打针的手。

"我知道你叫许千灵，以后我叫你灵灵吧。"他厚脸皮地说。

女孩看着他，露出了厌恶的表情。

他不知道为什么，一遇到这个女孩儿，对待别人的沉默和绅士完全消失不见，他只想靠近她，给她温暖。

许千灵上暑期补习班，他总等在她班级外面，路过的人都投以异样的眼光，他突然觉得自己像是十五六岁的小伙子，正追求自己的心上人。

她并不理他，走自己的路。他跟在她身后，陪她走回家。

连续一周，她终于忍不住，警告他："不要再惹我，我对你没兴趣。"

他却笑了，为她像一个大人一样防备的恐吓。

第二天，有人找她麻烦，把她拦在路口，要强行带她走，方少顷上前把那些流氓打倒在地，不知道是谁报的警，他听到警察鸣笛的声音，拉起她朝远处奔跑。

他永远记得那个夜晚的风，她手心的温度，她温柔的目光，小小的手掌，以及蓝色的裙子被风吹出沙沙的响声。他孤独的心，第一次有和另一个人相依相偎的感觉，他很惊喜，又有点惶恐。

那天之后，她对他改变了态度。

有一次，她看到许千沫剪坏了她爸爸送给她的裙子，她抱着那条裙子坐在幽静的楼梯上，眼神空洞，没有眼泪。他走过去心疼地搂住她，"想哭就哭吧。"他说。

她没有哭，只是在夜色中找寻到他的嘴唇印了上去，深深的，像是要从他的嘴里找到遗失的温暖。

他的心口微微地翻腾，为她心疼，为她不忍。

他们就这样相恋了。

年轻气盛的他，没有意识到在那个时候，他对于许千灵来说，是一个多大的依附和寄托，在这苍茫的尘世之中，她一直想找到那样一个爱自己、陪伴自己走下去的人，而这个人出现了，她想要和他在一起，不离不弃。

那个暑假，他们游遍了清榕所有情侣会去的地方，她和他在电影院里吃爆米花，和他在海边一起画画，和他背靠着背看日落，不管姐姐向她投来多少恶毒的目光，不管大妈私下对她骂得多难听，她都微笑承接。

她认定了这个男人会给她一个幸福的未来，他就是她妈妈临死前所说的那个给她幸福的人，她要跟着他，不管未来有多艰难。

这些丰富而坚强的心思，她从未告诉过方少顷，却在夏天快要结束的时候听到他要走的消息。

她内心的失落几乎不能用言语来形容。

他知道亏欠她，于是抱着她和她保证："你乖乖读书，等你大学毕业，我就来接你，好不好？"

"你骗我，你不会来接我了，你要和姐姐结婚的，是不是？"她低着头，努力不让自己流下眼泪。

"别胡思乱想，我怎么可能会和你姐姐结婚？"

"那你带我走吧。"许千灵抬起头，对他提出了要求。

"你还这么小，十七岁，我现在还什么都没有，我怎么带你走呢？你乖，乖乖地等我，等我有了自己的事业，就回来。"

那天晚上他们喝了很多酒，她抱着他，怕他一走就不见了，忘了是谁先主动，他吻了她。他们像一对爱了很久的恋人相拥在一起，他闯入了这么多年没有人踏足的禁地，她小小的却已经长成的身体让他第一次迷失了自己，虽然她只有十七岁，可是浑身散发着少女的芬芳，让他无法停止地拥有了她。

夜里醒来，他坐在落地窗旁边抽烟，她走过去，靠在他的肩膀。

他对她说："对不起。"

她不敢问他"你爱不爱我"，她只是说了一句："当今天晚上什么都没发生吧。"

她感觉到他紧绷的身体放松了下来。

当方少顷在一年后，从许千沫的手中接过一个可爱的小孩儿的时候，他才知道，许千灵居然为他生下了一个孩子。那么小小的，如同另一个他的小生命，就这样贸然出现在他的面前。

与此同时，他得知了许千灵难产去世的消息。

他浑身冰凉，关上了心门，把自己缩在冰冷的空间，拼命地工作来麻痹自己的内心。

如果记忆不说话
流年也会开出花

这六年来，他的事业风生水起，他的感情却一片空白，夜里总是梦到她在对他微笑，招呼他回来，找她。

一切都是命运的捉弄，现在，他到了另一个城市，遇到了长大的许千灵，她变成了另一个样子，却还是让他无法自拔地爱上她。他想对她弥补愧疚，他一直陪在她身边，他希望她能原谅他，可是，她恨他，连同他们的孩子，一起都不要了。

这是她的报复，还是命运的捉弄。

是怎样的命运纠缠，让他们所有的爱，用了六年的时光，演变成了一场痛苦的灾难？

8 〉〉〉

门之谷是千灯镇一个极具盛名的山谷，它有一个传说，在这里，所有孤独的灵魂都会得到幸福。

七年前，因为这一个简短的传说，我带着肚子里的孩子来到了这里。也因为在这里所发生的一切，改变了我今后的命运。

藤蔓树枝顺着山谷逶迤地攀爬上来，微风将我的粉红色雪纺纱裙吹荡起阵阵起伏。

我拿出手机，看着屏幕，我记得我站在这里最后一次给方少顷拨打电话，电话是他秘书接的："薛小姐，总裁在开会，请问你有口信要留给他吗？"

最后一通电话，他依然还是在开会。

距离明日婚礼的时间，还有18个小时26分。我在等待一个人。

如果她记得六年前的今天，她会出现。

"你真的是千灵？"一阵甜腻的香气落在鼻尖。

来人，是许千沫。

她穿一身明黄色的套装，脚上一双LV的双色鞋子，脖颈间戴一条白色水晶项链。她还是一如既往的漂亮，从我进入许家第一天开始，她就像一只骄傲的天鹅高高在上地站在我的面前。许多年过去了，她的倨傲丝毫没有减少，只是增添了女性的成熟。

"很意外吧，我还活着？"我面向她。

"你明明摔下山谷死了，为什么还活着？"她不可置信地走到我身边，对我上下打量，"我一直觉得很奇怪，为什么你身上有熟悉的感觉，原来你就是千灵，你没有死。"

我把手机塞回包包："我没有死，你一定很失落吧？"

"我失落？从你出现在我们许家的第一天开始，我就知道，你是个魔鬼，你会抢走我所有的一切。"许千沫咬牙切齿地说道。

"我从来没有想过要和你争什么。我一直想和你和平共处，可是你没有给过我机会，所以我开始学习独善其身，是方少顷的出现打破了假装平静的一切。"

"从我第一次看到少顷，我就知道我爱他，我想我会用尽我的生命、我的爱打动他，让他和我在一起，可是你勾引了他，他疼惜你、爱护你。每次看到他想你的模样，我心里对你的恨只会越来越深。你凭什么和我抢？你也不想想你自己是个什么东西！二奶所生的野种。"

"这么多年，羞辱我的功力你丝毫没有减弱。我应该为你鼓掌。"这个时候，我居然还有心思说笑，"当你知道我有了方少顷的孩子，就迫不及待地逼我去打胎，你生怕这个孩子的出现，搅了你的幸福。"

"少顷得知你怀孕的消息，他很紧张，他的事业还没有发展，他不想被婚姻束缚，我主动找他，让他回美国一段时间，说我会解决好这件事。刚刚毕业的他，还没有学会担当，他害怕得几乎是逃走了。你说你要去乡下打胎顺便休学一年，我们没有怀疑地让你去了。可是你呢？你竟然瞒着我们所有人偷偷生下了这个孩子。"

"我瞒着你们，但我从未想过要打掉这个孩子，从我得知少顷不要他的那一刻开始，我就更加坚定要这个孩子的决心。我的出现破坏了你的幸福，但是，这是我想的吗？我的出生无法选择，我的背景无法选择，我妈妈去世我来到许家同样无法选择，我爱上少顷我依然无法选择，只有这个孩子，他是我在这孤独的世界上唯一的血脉，我只是让我自己真正按自己的意愿选择一次，他将是我的寄托和生命的全部。"我有些哀伤地想起小帅哥那张可爱的小脸，亮晶晶的眼眸，缩在我怀里像只小刺猬似的找寻温暖。

"借口！这都是你的借口，你生下谦谦，就是为了挽回方少顷，你和你妈妈一样卑鄙无耻。"许千沫有些歇斯底里。

"所以，"我走近许千沫，直视着她，"你在找到我的时候，顺便把我推下了这个山谷，然后你对外宣称，我是难产死掉的，我的尸体葬在了这座山上，你欺瞒了所有人，但是你骗得了别人，骗得了我吗？"

烟雾缭绕伴随着凛冽的风吹散在我和许千沫周围，像是尘封的记忆被一点点地打开。所有人都说我是难产死的，只有我自己知道，我是被许千沫推下山谷的，当年她找到我的时候，我正在山谷的悬崖边摘毓草，她从后面一把将我推下山谷，我跌落的时候转过身，看到了她惊恐又得意的脸。

此时，她整个人都在发抖，往昔主播的镇定和淡然统统消失不见。她有些害怕地向后退去："是，是我推你的，我本来是想找你谈判，但是我到的时候，看到你正蹲在悬崖边，我不知道是什么促使我将你推下去。"她捂住耳朵，"我不想推你的，真的，我也不知道我怎么了，有一个声音不停地在告诉我，她如果不死，你就永远不能和方少顷在一起。我真的不是故意的……"

她很痛苦地抱住头，眼中全是惊恐。

"上天一定在报复我，这六年，我并没有和少顷结婚，他带着你们的孩子回到了美国开拓自己的事业，他在事业上风生水起，却把我当成了一个局外人。你的孩子，总是想尽一切办法和我作对，无论我做什么，都讨不到他一点儿的好。我有时候想，一定是你在天上报复我，让我痛苦，我天天做噩梦，梦到你来找我，我只是想好好爱一个人，可是为什么，你要来破坏我的一切，我所有的一切？"许千沫走上前，抓住我的肩膀，"为什么，你明明死了，却变成了另一个样子；你失忆了，还是出现在他的面前，他对你那么好，那么关心你，那么爱你，想尽一切办法哄你开心，而我呢，我整天活在惶恐里，我付出了我的所有，可是到头来还是什么都没有，什么都得不到。"她头发散乱，激动的表情让她的面孔扭曲可怕。

我静静地注视着许千沫，平日里的她一直像一只天鹅一样高傲，她和沈艺彤那般相似，她们完美，无可挑剔，只想要好好爱一个人，却始终无法得到满足，她们恨我，不，她们恨的是命运的不公。

"你想要什么呢？你想要的，都是你望尘莫及的。"

"望尘莫及？"她大笑起来，"是，从你出现在我家的第一天起，我就知道，你会抢夺走我所有的一切，我打你、骂你，你从来都不生气，你总是用这种目光看着我，淡然得几乎让人讨厌。你比我小这么多，你青春可爱、清新脱俗，你和你妈妈一样，会抢走我所爱的人。我恨你，我望尘莫及的一切，都被你视如沙石，我必须很努力才能够得着一点点枝丫，而你只需低下身来，就能摘走。"

我突然有一种震惊的感觉，从我进入许家以来，从来没有意识到我带给她的是这么大的恐惧和害怕，我只想简单地生活，在她的眼中却变成了另一番翻云覆雨的景象。

人人心中都有魔，那个魔来自她自己。

她擦着眼角的泪，站在悬崖边，那里的毓草枝枝蔓蔓地生长，她缓缓地转过身："我知道你这是在报复我，你和少顷分手，让他娶我，在我最幸福的时候告诉他当年是我推你下去的，那样他会恨我一辈子，他自己也会痛苦一生。我不会让你的诡计得逞，当年是我推你下去，如今，我会自己带着这个秘密死去。"许千沫一说完，我意识到她要跳崖，立刻冲过去抓住她的胳膊把她往回拖。

就在我抓住她胳膊的同时，她突然反转过来，用力地将我朝悬崖下推去，她的力道大得惊人，我惊恐地发现，她根本没有想跳崖，她是想再次把我推下去。

"只有你死了，我才能永远幸福。"她大笑起来，我看到她脸上有一种几乎疯狂的表情。

垂死挣扎的瞬间，我突然想起方少顷的脸。冷漠的、微笑的、温柔的、哀伤的，交替出现在我的脑海，不知道是不是因为临近死亡才能让人在一瞬间，发现自己心中最重要的那个人是谁。

我感觉我的双脚已经脱离了地面，当我绝望地闭上眼睛的时候，却发现手被人牢牢地抓住。方少顷在悬崖上紧紧地拽住我的手。

"苏苏，把另一手给我。快点。"方少顷焦急的声音，和他的脸，出现在我的眼前。

"少顷，七年前你可以离我而去，七年后，你为什么要出现？"

"我错了，我知道我错了，苏苏，听话，快点把手给我。"

"你让我死了吧，你和姐姐，好好生活。"我闭着眼，下意识地想松开手。

"不，苏苏，如果你死了，我也从这里跳下去，没有了你，我和死了又有什么区别？我爱你，我不能没有你。"方少顷的半个身子几乎倾斜在外面。我看到他眼角的眼泪顺着风，落在我的脸上。

那是真正哀伤的眼泪，绝望得要与我共赴生死的眼泪。

"你真的忍心，让谦谦变成孤儿吗？苏苏。"方少顷的声音在颤抖，手已经渐渐支撑不住。

我想起小帅哥，是的，我不能让他成为孤儿。

我将另一只手交给方少顷。他用力一拽，我落在了悬崖的平地上。

我和方少顷惊魂未定地坐在地上，旁边的许千沫像是失了魂的木偶，双眼空洞地望着我们。

仿佛刚才，上演了一出死亡边缘的游戏。

毓草的芬芳扑鼻而来，这种草生在悬崖边，每年生长两次，摘到它的人，能让自己得到幸福。

方少顷紧紧地抱着我，浑身颤抖："苏苏，差一点，我又失去你了。"

我缩在方少顷的怀里，感受到了踏实和安定。

这么长的时间过后，我以为我们再也走不回从前，我以为我们中间隔了太多荆棘伤口，只有分别和时间才能聊以慰藉。

可是到今天，我才明白，原来我们早在彼此的心里开花结果，无法分离。

我安慰地拍拍他的后背："还好，一切都来得及。"

9 >>>

方少顷替我偿还了薛家所有的债务，买回了世纪豪园的宅子，并把妈妈和奶奶接回去居住。

最后，他带我回了一趟清榕。

在我们注册的那天，他在民政局的门口握着我的手，看着那两本小红本本高兴得像个孩子："苏苏，我们终于结婚了。"

我以薛流苏的身份和他结婚。我们让那个曾经痛苦无依的许千灵消失了。我以薛流苏的身份重新活过来，我要帮她照顾妈妈和奶奶，尽她的孝道，过她的生活。

一片绯红的光照在我们的脸上，我希望这是一个新的开始。

清榕城浸润在午后的阳光之中，竟没有一点灼热。

我们去了许家的大宅，我看到一个中年男人从车子上下来，他显得疲惫沧桑，这是许千灵的父亲。方少顷问我要不要进去，我摇了摇头。

许千沫在那件事之后得了严重的抑郁症，回到了清榕休养。我们所有人包括Eric都没有再提起许千灵的事。她真真正正地退出了我们所有人的生命。

爸爸看到我们，走过来和方少顷打招呼："少顷，听说你结婚了，恭喜你。前阵子事情闹得乱七八糟的，真是抱歉。"

我咬着唇，看着这个离别了七年的父亲，他年轻时的一段过错，让我痛苦了小半生，但是我依然感激他，带我来到这个尘世，让我遇到了我的爱情。

"没事，伯父，您毕竟是千灵的爸爸、谦谦的外公，有空我会带谦谦来看您的。"方少顷搂住我的腰，像是要给我力量。

爸爸看到了我，对我说："薛小姐对吗？我希望你以后对谦谦好些，他妈妈命苦，死得早，以后就拜托你多照看他了。"

我点点头，有些艰涩地说："我会的。"

他一愣："你的声音，和千灵的好像。呵呵，不过人都有相似的，何况是声音。"

"伯父，我们先走了，下次再来看您。"

告别了爸爸，方少顷把车开到了一个海岛，傍晚的沙滩，人并不多，沙滩旁有一座白色的房子特别吸引人的注意，刷了极白的漆，门口挂一盏小灯，灯上放着一棵薰衣草，在整个海岛中显得别致又风雅。

所有生活在清榕的人都知道这个海岛叫飞月海岛，是一个富豪送给她情人的礼物，但是后来富豪死了，他的情人就把这座海岛卖给了一个开发商做旅游胜地，他们的爱情变成了一段佳话，这座白房子就是他们爱情的见证。听说每年来这里祈愿的恋人，都会得到幸福。

七年前我们来过这里，说要一辈子都在一起，七年中我们错过了那么多，但最终依然迎来了我们的幸福。

　　谁能说这个传说，是不准的呢？

　　我拉着方少顷，跪在沙滩上，面朝着海，把手举起来，我手上戴着的，是当初他还给我的戒指，现在，又重新地套在了我的手上。

　　七年前，我离开清榕，我认为我不会再回到这里，而七年后，我回到了这里，还带来了我的爱人。

　　七年后，我才明白，能和他相濡以沫地过后半生，是上天给予我这一生最大的礼物。

　　这世界上，有几个人，有我这般幸运？

　　哪怕我后来知道，方少顷并不是和我心有灵犀才来救我，而是因为安可告诉他他才来的。

　　可是我已经一点都不在乎了。

　　我以前始终觉得自己活在痛苦和孤独之中，我觉得世界了无生趣，我的爱和我爱的人永远无法得到安放，我绝望失落甚至想到了死。

　　这所有一切，让我清楚地明白，有时候幸福来得那样令人措手不及，还来不及好好体会，就稍纵即逝。

　　还好，我们都学会了好好把握，让一切从头开始。

　　临行前，我将薛流苏的五本日记送给安可，他轻轻地拥抱我，我听到他眼泪滴落的声音。这一场爱，我们都爱错了，直到现在，我们终于走回了属于彼此的轨道，不再虚耗我们的青春，并且学会了为岁月和时光带去祝福。

10 >>>

微风吹拂下，有许多恋人在海滩上画大颗的心，他们奔跑的身影，都带着幸福的味道。

方少顷把唇靠在我的耳边，熏热的气息伴随着海水的响声。

"苏苏。"

"嗯？"

"我爱你。"

"我也爱你。"

三十岁的你，二十四岁的我，多么庆幸，我们还来得及，好好相爱。

夕阳下，我靠在他的怀里，他的手臂是我的靠枕，余晖静静地流淌，海滩上一片金灿灿的黄色。

我们相信，这世界上所有的爱，在夕阳来临前，都能找到属于它的最好的归宿。

花火工作室长篇出版征稿启事

花火工作室向所有文学爱好者诚征各类小说稿，待遇优厚，具体事宜如下：

一、《花火》青春文学类（主打）

1. 青春微凉系列

要求：以一个人或一群人的成长经历为主，感情真实，情节曲折，有催泪功能，题材新颖。

关键字：催泪 曲折 青春校园

适合读者群：14～25岁

字数：10万～30万

2. 青春暖爱系列

要求：感情温暖，情节轻松，最好结局是圆满的，就算是错过的结局，也要是值得原谅和温暖感恩的。文字细腻优美。

关键字：暖爱 轻松 细腻 团圆

适合读者群：14～25岁

字数：10万～18万

二、《飞·魔幻》文学类

1. 古代言情系列

要求：架设在某个历史场景的故事，包括穿越，也包括民国题材。可以用比较新颖、娱乐、现代的手法来写人物的命运，情节有冲击力、有可读性，节奏快而语言通俗。

关键字：复古 言情 曲折 穿越

适合读者群：16～25岁

字数：12万～40万

2.魔幻文学系列

　　要求：天马行空的想象，情节搞笑轻松，一波三折。给人意料之外的结局和尖叫连连的惊喜，背景现代、古代均可。

　　关键字：魔幻　搞笑　出人意料
　　适合读者群：14～22岁
　　字数：8万～18万

三、其他文学类
　　要求：题材新颖，字数不限。

注意事项：

　　1.作品须为传统媒体原创首发，网络媒体可连载过部分；拒绝抄袭和剽窃。

　　2.需提供作品简介和大纲（300～1000字）、作者简介、全文计划字数、目前字数、预计完稿时间等信息。

　　3.标明所投栏目和字数。

　　4.请附联系方式，如：QQ、MSN、电话、地址、e-mail。

　　5.请附全文前3万～5万字，如适合出版会进一步联系作者要求看全文。

　　6.稿费标准：一经采用，与作者协商签订出版合同，稿酬从优。

　　7.来稿在半个月之内回复初审结果。

　　8.作品请发至以下官方邮箱：

　　merrybook1@163.com

　　或登录官方网站www.s-merry.com长篇投稿板块